Coleção

Tudo ao mesmo tempo agora

Ilustrações

André Neves

Tudo ao mesmo tempo agora
© Ana Maria Machado, 1997

Diretor editorial	Fernando Paixão
Editora	Carmen Lucia Campos
Editor assistente	Marcia Camargo
Coordenadora de revisão	Ivany Picasso Batista
Revisora	Alessandra Miranda de Sá
	Ana Luiza Couto

ARTE
Projeto gráfico	Victor Burton
Editora	Suzana Laub
Editor assistente	Antonio Paulos
Editoração eletrônica	Ana Paula Brandão
Editoração eletrônica de imagens	Cesar Wolf

CIP-BRASIL. CATALOGAÇÃO NA FONTE
SINDICATO NACIONAL DOS EDITORES DE LIVROS, RJ.

M129t

Machado, Ana Maria, 1941-
 Tudo ao mesmo tempo agora / Ana Maria Machado ;
[ilustrador André Neves]. - 1.ed. - São Paulo : Ática, 2004.
 160p. : il. -(Coleção Ana Maria Machado)

ISBN 978 85 08 08958-1

 1. Literatura infantojuvenil. I. Neves, André. II. Título. III. Série.

07-3623.   CDD 028.5
                                                  CDU 087.5

ISBN 978 85 08 08958-1 (aluno)
ISBN 978 85 08 08959-8 (professor)

2023
1ª edição
19ª impressão
Impressão e acabamento: Forma Certa Gráfica Digital

Todos os direitos reservados pela Editora Ática, 2004
Av. Otaviano Alves de Lima, 4400 – CEP 02909-900 – São Paulo, SP
Atendimento ao cliente: 4003-3061 – atendimento@atica.com.br
www.atica.com.br

IMPORTANTE: Ao comprar um livro, você remunera e reconhece o trabalho do autor e o de muitos outros profissionais envolvidos na produção editorial e na comercialização das obras: editores, revisores, diagramadores, ilustradores, gráficos, divulgadores, distribuidores, livreiros, entre outros. Ajude-nos a combater a cópia ilegal! Ela gera desemprego, prejudica a difusão da cultura e encarece os livros que você compra.

Quando Marina foi punida por ter passado cola para Solange e Andreia e, ainda por cima, os colegas a criticaram por falta de coleguismo, lá estava Jajá, defendendo a amiga. Também foi ele o primeiro a questionar o método de seleção para o torneio intercolegial. Sem falar na questão Adriana *versus* Mirella Morel – seu empenho foi fundamental para o bom desfecho do caso. Assim era Jaílson, o Jajá: estava sempre pronto a reagir às injustiças. "Não é justo!", vivia bradando.

Amigo fiel, apaixonado por surfe, de uma integridade a toda prova, Jajá é o fio condutor desta história que discute a ambiguidade de valores como verdade, justiça, solidariedade e ética. Ele e seus amigos, Marina, Rafael, Cíntia e Antonio, colegas de colégio, vão atravessar uma série de situações complicadas ao longo do ano letivo. Nesta convivência, descobrirão o sentido da amizade, o respeito à busca de ideais, a importância do esforço.

Praia, namoro, trapaças, diferenças sociais, aparências, sucessos, os desafios do amadurecimento são os ingredientes desta história. Ana Maria Machado presta uma homenagem ao tempo do adolescente, com sua ansiosa sede de viver todos os momentos, e à sua garra de querer remover montanhas para consertar o mundo.

*A Rafael, Tiago, Lucas e Victor,
que dominam os segredos das ondas.
A Diogo, companheiro em uma dura
busca de justiça.*

"Uma coisa de cada vez
Tudo ao mesmo tempo agora"

(Titãs)

Sumário

1. Mink e Monk 11

2. Lunetas xeretas 19

3. Juju volta a atacar 27

4. Na hora da raiva 39

5. É só querer? 53

6. Cruzeiro do Sul em Cerro Azul 65

7. Uma coisa de cada vez 81

8. Fome e sede de justiça 93

9. Falatório de aniversário 103

10. Um presente da memória 115

11. Uma surpresa e um monte de beijos 123

12. Um ano com três Natais 135

anamariamachado *com todas as letras* 149

Biografia 150

Bastidores da criação 154

1 *Mink e Monk*

Ano novo, agenda nova.

A do ano passado já ia se juntar às anteriores, no fundo da prateleira de cima do armário. Mas antes era hora de abrir a que ganhara no Natal e se preparar para o ano que começava.

Marina colou logo um adesivo bem escolhido no dia 8 de setembro. Pegou um jogo de canetas novas, que também tinha ganho, e escreveu com letras caprichadas, cada uma de uma cor: MEU ANIVERSÁRIO. Era por onde sempre gostava de começar suas agendas. Dava sorte.

Depois, em letras menores, marcou o aniversário do pai, o da mãe e o do Rafael – e colou em cada página uma estrelinha. Achou pouco, procurou também uns minicorações em outra cartela, viu que ainda tinha bastante, tirou três e distribuiu pela família. Hesitou um pouco na folha do irmão... mas, enfim, mesmo que o Rafa não merecesse muito, a agenda merecia.

Ficava mais bonita assim. E ela sempre podia fazer como no ano passado, quando na primeira briga que teve com ele colou uma caveira em cima da florzinha que marcava a data. Mas ultimamente ele estava menos implicante. Quem sabe se este ano não ia ser melhor?

Até aí, eram os aniversários que sabia de cor. Agora vinham os outros — avós, primos, amigas. Abriu a agenda velha para conferir e ir copiando. Acabou levando um tempão relendo coisas que tinha anotado no outro ano, lembrando de tristezas e alegrias, raivas e gargalhadas, fatos e emoções que aquelas frases traziam de novo. Poucas frases, que ela não era boba de ficar fazendo diário e se arriscar a alguém pegar, ler e ficar sabendo de toda sua vida. Às vezes marcava alguma coisa num código, mas em geral eram só frases curtas e lembretes. Mas ela entendia. Era o que importava.

Era só olhar, por exemplo, FESTA DA MANUELA, com aquelas cinco estrelinhas do lado, e aquele exagero de pontos de exclamações (★★★★★ era sempre a lembrança de algum garoto superdemais). Lembrava bem da empolgação que teve quando conheceu na festa o Renato, primo da Manu, e eles dançaram, conversaram na varanda, ficou um clima gostoso. Mas quando, numa página da semana seguinte, escreveu O GATO É GALINHA e fez o desenho dos dois bichos com um sinal de igual entre eles, já tinha descoberto que pelo menos umas três meninas da turma tinham caído na mesma conversa, acreditado nele, imaginado que eram especiais. E o estouro dos encantos do Renato ficou para sempre marcado na agenda: uma fileira de bombas desenhadas na última linha dessa mesma página, redondas e pretas, com o pavio saindo para a direita e um monte de risquinhos em volta, como se fossem raios. Não precisava de muitas frases. Para Marina, a história daquele encontro e desencontro estava toda ali, naquelas duas páginas. Viradas, ainda bem. Não gostava de dar espaço para quem não merecia. Nem na agenda nem na vida mesmo. Só que às vezes, na realidade, não era tão fácil. Mas não custava tentar. De tanto dizer que certos lances (ou pessoas) não tinham importância, quem sabe se um dia não acabava convencendo a si mesma? E aprendendo a se machucar menos.

Mas essas eram coisas que só iam sendo escritas e desenhadas à medida que iam acontecendo. Agora, no começo do ano, era só mesmo marcar o que estava previsto. *Aniversário. Carnaval. Volta às aulas. Feriado.* Logo na semana seguinte, *Dentista.* Ainda faltavam uns dez meses para poder tirar o maldito aparelho – se é que a doutora Elisabeth não ia inventar de deixar mais tempo, como tinha acontecido com a Cíntia. Não, não dava nem para pensar nisso...

Melhor voltar à agenda. Primeira página. Nome completo. Apelido? Não tinha. Colégio: punha tudo, Eça de Queirós? Ou só Eça, como eles sempre diziam? Resolveu escrever o nome todo, ao menos uma vez no ano. 8ª série, turma 81. Quer dizer, não tinha certeza, ainda não tinham distribuído as turmas, mas devia ser, porque era 71 no ano que tinha acabado dois dias antes. Marina foi preenchendo. Depois, endereço. Rua, número, apartamento, telefone, código postal. Aí vinha uma parte de dados pessoais. Os caras que fizeram a agenda queriam saber tudo, altura, peso, perguntavam até a cor predileta... Não tinha nada a ver. Ela teve uma ideia. Pegou uma etiqueta branca lisa, cortou em tirinhas e foi cobrindo o que já estava impresso na agenda, deixando só as linhas para preencher. Resolveu completar o endereço à sua moda. Bairro, cidade, estado. Foi continuando. Brasil. América do Sul. Hemisfério Ocidental (para alguma coisa serviram aquelas aulas de geografia do Vicente, havia milênios...). Terra. Sistema Solar. Galáxia... como chamava nossa Galáxia? Tinha algum nome especial? Melhor pular, passar direto para Universo. Será que havia alguma outra coisa que ela tinha esquecido?

Caneta na mão, levantou os olhos da agenda e ficou, meio pensativa, olhando pela janela. Apagou a luz e foi contemplar as estrelas. Com as luzes da cidade acesas, não dava mesmo para ver muita coisa no céu, só um ou outro ponto mais brilhante, e um fiapinho de lua. Será que, em outro lugar, outra menina nessa mesma hora estava fazendo a mesma coisa? Outro menino? Será que, exatamente nesse mesmo lugar, em algum tempo muito antes, uma outra pessoa que morasse por ali tinha ficado também assim olhando as estrelas e suspirando por alguma coisa que queria? Muito antes de que existissem essa cidade e esse prédio? Alguém bem jovem, da idade dela? Uma sinhazinha, uma índia, uma escrava?

Às vezes, o pensamento de Marina saía viajando assim, tão longe que até dava tontura... Mas não conseguia deixar de dar graças a Deus, de achar uma maravilha e um espanto que no meio de um espaço infinito, num tempo eterno, justamente naquela hora e naquele lugar ela estivesse existindo. Ela, Marina Campos Neves. Bem desse jeito que era. Vivendo coisas tão importantes como uma agenda nova ou a lembrança de um gato na varanda.

Ou será que isso não tinha importância nenhuma? Para ela, tinha, claro! E devia ter para o mundo inteiro também. Porque, se na natureza tudo o que existe acaba se ligando ao resto, como todo mundo está farto de aprender quando estuda ecologia e meio ambiente, então deve ocorrer o mesmo com as pessoas de uma cidade, de um país, de uma época. Qualquer coisinha que acontece na vida de uma acaba mexendo com a vida das outras. Se ninguém tivesse agenda, por exemplo, ia ficar uma bagunça, as pessoas esqueciam os compromissos, deixavam os outros esperando, dava a maior confusão. Se ninguém comprasse agenda, os fabricantes iam ter prejuízo, muita gente ia ficar desempregada com as fábricas fechadas, ia ser preciso derrubar menos árvores para fazer papel... epa! Será mesmo? Será que até a natureza ia ser afetada por causa de um gesto à toa de uma menina sonhadora? Mas também ia haver menos projetos de reflorestamento, menos árvores sendo plantadas... Ai, impossível saber... Dava até cansaço imaginar. Melhor ir dormir.

Pouco depois, já deitada, Marina se lembrou de uma vez em que a turma toda do prédio tinha ficado olhando a lua pela luneta. No terraço da casa da Cíntia, que morava no último andar e tinha um pai advogado mas com mania de astronomia – ou um irmão que gostava de espiar as pessoas dos prédios vizinhos pela janela, como o Rafa garantia. Naquela noite, Marina tinha perguntado:

– Será que tem alguém com uma luneta olhando também para nós?

– Na lua? – estranhou Cíntia. – Ou em outros prédios?

– Em qualquer lugar...

– Vai ver, tem um bando de marcianos: Mank, Menk, Mink, Monk e Munk... – implicou Rafael. – Todos chorando e chamando a mãe, com medo dessa visão horrível que estão tendo, desse monstro de sorriso metálico, com essa sua boca cintilante virada para eles.

Ridículo aquele irmão! Não dava nem para a gente conversar a sério... Vivia encarnando no aparelho dela. Como se ele mesmo fosse alguma perfeição, algum modelo de beleza, com aquele nariz grande e aquela cara toda cheia de espinhas. Só tinha mesmo eram os dentes certinhos, sem precisar de aparelho. O maior azar – nesse ponto Marina puxou à mãe –, ele saiu ao pai.

Mas agora, antes de dormir, Marina lembrava da conversa daquela noite. De vez em quando pensava nisso. Como seria a sua vida de todo dia, para quem conseguisse ver de fora, de longe? Claro que sabia que esse bando de marcianinhos não existia, olhando para ela e seus amigos o tempo todo. Mas o que é que uma Mink imaginária ou um Monk inexistente iam pensar dela? O que será que eles iam achar da vida daquelas pessoas todas, morando empilhadas numas caixas de cimento, um prédio de três andares a dois quarteirões da praia, numa cidade brasileira tão cheia de gente? Como será que eles viam aquelas cinco famílias? A da Cíntia, na cobertura, ocupando todo o terceiro andar, com seu terraço ajardinado onde até tinha luneta... A dela mesma, no 202, com o Rafael no quarto dele ouvindo um som alto (na certa vendo revista de surfe ou de mulher pelada), e ela ali colando adesivo em agenda. A do Augusto César e da Mirella Morel, no 201, com toda certeza só com a empregada em casa àquela hora, artista sai muito, e os dois agora estavam com uma peça em cartaz e trabalhando na novela. A do síndico, seu Euclides e dona Cecília, bem embaixo do apartamento dela, no 102, com aquela criançada, até bebê pequeno que às vezes chorava de noite. A da Bia e da Marta, no 101, que dormiam cedo porque o colégio delas era bem mais longe e elas madrugavam para pegar o ônibus...

Muito assunto para Mink e Monk se distraírem...

2 Lunetas xeretas

Se Mink e Monk existissem mesmo e se dedicassem ao estranho esporte de xeretar a vida alheia, sem dúvida não iam ter se divertido muito naquele mês de janeiro. Não aconteceu nada de especial no prédio.

Verão era assim mesmo. A família do síndico tinha saído de férias. Os pais de Bia e Marta aproveitaram que as filhas não tinham aula e mandaram as duas passar uns tempos com a avó, num sítio no interior. O casal de atores do 201 passou o mês todo trabalhando. Só Marina, Rafael, Cíntia e mais o Antônio, irmão dela, ficaram por ali mesmo, naquela vidinha mansa de janeiro, com muita praia, cinema, lanche com os amigos, uma ou outra festinha, um livro de vez em quando, umas revistas, algumas idas ao *shopping*, montes de telefonemas.

Talvez o mais interessante para Mink e Monk fosse um apartamento pequenino, de que Marina nem tinha lembrado. Sem jardins nem varandas. Na verdade, nem mesmo com janela normal, só com basculante. No andar do salão de festas e do *playground*, atrás da copa e de um lavabo, num quarto e sala sem muito espaço, morava a família do porteiro. Seu Nílson, dona Jandira e o filho deles, Jaílson. O Jajá, que Marina até conhecia bem, porque ele era bolsista no Eça e estavam na mesma turma. Mas não chegavam a ser amigos, realmente. Amigo mesmo ele era do irmão dela. Apesar do Rafael já estar no segundo grau, os dois iam e vinham todo dia do colégio em altos papos, saíam no fim de semana para surfar antes de todo mundo acordar, eram do mesmo time de basquete na escola. Quase nunca iam a festas juntos, mas não perdiam um bom jogo de futebol. E tinham sempre milhões de assuntos. Ou, na opinião de Marina, um assunto único: esporte. Coisa que não interessava muito a ela. Na certa foi por isso que nem lembrou de apresentá-los a Mink e Monk.

Mas se os marcianos fossem esportivos não tinham como não descobrir o Jajá. Todos os meninos da vizinhança o conheciam.

Por causa dele, era um entra e sai permanente pela garagem do prédio até um depósito lá no fundo, onde os moradores guardavam bicicletas, velocípedes, carrinhos de bebê, pranchas de surfe. Era lá que, com a autorização de seu Euclides, o Jajá tinha instalado uma mesa com ferramentas e uma gaveta cheia de lixas e mais uma prateleira com resinas, parafinas, benzinas e outras misteriosas *inas*... Era lá que funcionava sua oficina de reparos de pranchas de surfe. Era lá, enfim, que ficava o único lugar daquele prédio onde, no verão, havia movimento permanente para atrair a atenção de eventuais lunetas xeretas.

Por isso é que, nos meses de férias, quando não estavam todos no mar ou na areia, a garagem do prédio virava uma sucursal da praia. Toda hora algum garoto entrava, mesmo que não precisasse de conserto algum. Vinha bater papo ou encontrar os amigos. Se a porta estava fechada, era só assoviar, para chamar o Jajá em casa. Num instante, ele assoviava de volta para avisar que já vinha. E se despencava escada abaixo, de dois em dois degraus, pulando os quatro últimos de uma vez só. Nunca usava o elevador. Não aguentava esperar. Tinha sempre muita pressa.

– Por isso é que a gente chama ele de Jajá – explicara Rafael um dia. – Ele quer tudo, sempre, agora, para já, já...

– Pensei que era apelido de Jaílson...

– Não, primeiro a gente começou a dizer que ele devia se chamar tudo-ao-mesmo-tempo-agora. Mas era comprido demais. Acabou ficando Jajá.

E ficou mesmo.

Agorinha mesmo, nesse dia de fevereiro ensolarado e quentíssimo, quando Marina estava na cozinha pegando um copo d'água na geladeira e a campainha dos fundos tocou, antes mesmo de abrir a menina ouviu a voz do outro lado se identificando:

– É o Jajá!

Abriu a porta, ofereceu a ele o copo d'água, foi chamar o irmão. Quando voltou, viu uma verdadeira reunião na porta da cozinha. A empregada, Zilda, conversava animadamente com Jajá e uma estranha, logo apresentada como Adriana.

– A Adriana é minha vizinha – explicou Zilda, sempre faladeira. – Ela trabalha de diarista e estava com um dia livre na semana e aí eu lembrei que ela podia fazer uma faxina na casa da dona Mirella.

– Ué, a Nilce foi embora? – estranhou o Jajá.

– Não, mas ela vai ter neném, esqueceu? E daqui a pouco não vai mais aguentar fazer serviço pesado. Então eu falei com a Adriana, que era para ela vir aqui e ver se dava uma força. Mas não era para vir hoje, tinha que ser amanhã, que é o dia da Nilce, para combinar com ela, porque ela é que tem que indicar alguém para dona Mirella, que nunca que ia botar uma outra pessoa dentro de casa sem a Nilce recomendar e estar de acordo. E também não adiantava ser hoje, ainda mais a esta hora, porque a dona Mirella também não está e desse jeito não vai poder...

A Zilda era muito boazinha, mas quando começava a falar sem parar deixava qualquer um meio tonto. Marina desligou mentalmente e foi saindo. Na porta, esbarrou no irmão que vinha chegando e ligou ligeiramente de novo, a ponto de ouvir o final do falatório da Zilda:

— Não vai adiantar nada essa pressa toda...

— O Jajá sempre tem pressa, Zilda, até parece que você não sabe — disse Rafael.

— É, mas desta vez você quebrou a cara. Não era de mim que elas estavam falando — riu o Jajá. — E se você não gosta da minha pressa não vai querer saber que a quilha da sua prancha já está pronta e eu acho que ficou perfeita. Agora é só testar...

— Já? — Rafael nem tentou disfarçar a surpresa.

— Já... já mesmo — confirmou Jajá, sempre rindo.

— Vamos lá ver.

Os dois desceram. E Marina tratou de ir para seu quarto, antes que Zilda a pegasse de novo para ouvir o resto daquela história sem fim, enquanto tocava a campainha da casa da vizinha (onde ninguém atendia) e explicava à tal de Adriana:

— ... mas tem que ser amanhã de manhã bem cedo, no máximo umas oito horas, porque é o único dia em que dona Mirella fica até essa hora, nos outros dias ela sai sempre muito cedo, ela agora está fazendo gravação, sabe? Ela é artista de televisão, é a Rosy da novela das 7, sabe?, aquela meio maluca que fica querendo entrar na casa da Doralice para ir lá no quarto dela e espiar dentro da gaveta para ver se encontra a carta do Santiago, mas isso é só na novela, porque aqui a dona Mirella nunca ficou querendo entrar em casa dos outros, ela até que disfarça bem, ou então é muito...

Ufa! Porta fechada. Falatório por falatório, melhor bater papo com uma amiga. Marina foi para o telefone. Ligou para Cíntia. Não estava. Bia e Marta? Só voltavam depois do carnaval, para o começo das aulas. Olhou na agenda, foi correndo as letras iniciais dos nomes das colegas da escola. Logo na segunda letra, deu sorte com Bebel.

– Oi, Bebel, é Marina. Tudo bem? O que é que você tem feito? Não, acabei ficando mesmo por aqui... Nada demais, só fui à praia, fiquei por aí meio de bobeira. E você? Verdade? Nem acredito! O irmão da Ana Cláudia? E onde foi que você encontrou com ele? Escolhendo disco de quem? Nunca ouvi falar. Pensei que ele nem gostava de música, quando a gente foi estudar lá naquele dia, ele ficou reclamando o tempo todo... Você acha mesmo?... Não, sei lá, não lembro direito, mas acho que a gente não estava fazendo tanto barulho assim, estava só discutindo o trabalho de grupo... Não, está certo, deu para ver que ele era um gato, mas achei que era um implicante que nem meu irmão... O quê? Você não acha o Rafael implicante? Isso é porque você não convive com a peça, só vê de vez em quando no colégio. Aquilo é um...

Se Mink e Monk, além de lunetas xeretas, tivessem microfones direcionais daqueles bem sensíveis, iam ter é que desligar e desistir, para não criar calo no ouvido. Porque nesse quentíssimo dia de fevereiro, ainda a dez dias do carnaval, naquele apartamento 202 a duas quadras da praia, a soma da conversa fiada na cozinha com a conversa jogada fora no telefone era capaz de abafar o som de qualquer bateria de qualquer bloco ou escola de samba num eventual ensaio. Não dava para ficar prestando atenção. Mesmo que, nos dois casos, as duas conversas acabassem se encaminhando para o mesmo assunto, talvez até interessante para algum eventual turista interplanetário:

— E o que é que você vai fazer no carnaval? Ah, eu já resolvi, eu vou...

Blá-blá-blá, blá-blá-blá...

3 Juju volta a atacar

– Não quero vocês duas juntas. Parecem duas matracas. Em minha aula, tem que sentar cada uma num canto, senão fica um ti-ti-ti só e ninguém consegue prestar atenção em nada. Podem ir trocando de lugar, já. Vamos... Cíntia passa para a fileira da parede. E a senhora, dona Marina, pode também ir mudando. Troque com a Solange.

O Veloso era sempre assim. Todo durão. Parecia que tinha um prazer sádico em separar os amigos. Já era professor deles desde a quinta série e conhecia todo mundo. Ainda mais com aquela mania de mandar fazer redação indiscreta. Umas duas por mês. Tipo "Se eu pudesse...", "Autobiografia", "De onde venho, para onde vou" ou "Mudanças que o mundo precisa". Por mais que não quisessem, os alunos acabavam se revelando. E o Veloso ficava sabendo. Quer dizer, não abusava: guardava segredo, não entregava a ninguém o que sabia. Mas conhecia a turma por dentro, pelo avesso. E toda vez que tinha trabalho de grupo separava as galeras, toda vez que uma dupla de amigos se sentava perto na aula ele punha um para cada lado. Vinha com uma conversa de que era para desmanchar os grupinhos fechados. Mas até parecia que era de implicância.

Marina recolheu o fichário, a mochila, os livros, o estojo de náilon todo recoberto com sua coleção de broches de bichinhos (que ela fazia questão de dizer que não eram broches, eram *pins* e *buttons*), tudo o que já tinha espalhado. Passou para a carteira ao lado e ficou entre a Solange e o Jajá. O professor fez mais umas mexidas, botou atrás dela a Andreia, uma aluna nova que vinha transferida de Brasília, passou o Jajá um lugar para trás. Marina acabou ficando do lado do Cláudio e atrás da Bebel.

Mas o Veloso nem deu muita chance para eles se acomodarem, começou logo a dizer que já tinham perdido muito tempo, que com o carnaval muito tarde as aulas tinham demorado a começar. Depois, anunciou o que iam estudar nesse ano, falou que era tudo muito importante, porque eles estavam terminando o primeiro grau, podia ser que houvesse algum aluno que mudasse de colégio ou parasse de estudar ("quem sabe se uma das meninas não encontrou um príncipe encantado e vai casar para viver suspirando eternamente, trancada em sua torre de cristal?", o Veloso fazia umas piadinhas assim, bem por fora, em que só ele achava graça), mas o caso é que eles tinham que consolidar muito bem tudo o que tinham aprendido de Português para poderem continuar pela vida afora escrevendo, lendo muito, interpretando com espírito crítico, porque então iam ter condições de estar sempre aprendendo mais, de crescer sozinhos, e ter orgulho do que eram capazes de escrever... Essas coisas. Uma daquelas conversas compridas de professor.

Tudo ao mesmo tempo agora | **29**

Marina tentou olhar pela janela, ver o pátio lá embaixo. Não dava, estava longe. Quem estava com um ótimo ângulo de visão era o Jajá, mas era puro desperdício. Ele sempre prestava a maior atenção na aula, não ia ficar olhando lá para fora (vai ver, era até por isso que o Veloso tinha mandado o Jajá sentar naquele lugar). Marina achava meio careta esse jeito do Jajá na escola, muito calado, estudioso, um caxias. Parecia que ele sempre queria ficar bem com os professores.

— Você é mesmo uma panaca, não entende nada. Nem parece minha irmã... — disse o Rafael uma vez, quando ela falou nisso. — O negócio é que para o Jajá essa bolsa no Eça é como um prêmio, e ele não quer desperdiçar. Uma chance de ouro para ele estudar num lugar com um ensino ótimo, ter professores maravilhosos, computador, laboratório, um monte de recursos que ele não ia ter numa escola pública.

— Panaca é você, todo cheio de preconceito... Quem lhe disse que escola particular é melhor que escola pública? Só porque é paga?

— Eu não disse isso, Marina, não torça o que eu estou dizendo. Não falei nada de todas as escolas. Só que a gente sabe que esta nossa tem um bom ensino, não sabe? Mas é claro que também está cheio de escola particular que não presta, e deve ter muita escola pública sensacional. Papai e mamãe mesmo... eles não vivem contando que sempre estudaram em escola pública e foi maravilhoso?

— Pois então? Por que é que você veio com esse papo?

— Só falei a verdade, o que toda hora sai na televisão e nos jornais, e a gente vê em volta. No tempo deles pode ter sido maravilhoso, mas hoje em dia todo mundo sabe que, do jeito que o país anda, as escolas públicas estão muito sem dinheiro, os professores estão ganhando muito pouco... Então tem uma porção de professor legal que vai embora, desiste. Ou então eles faltam demais, porque trabalham em outro lugar ao mesmo tempo, toda hora os alunos ficam sem aula. Ou fazem tanta greve que os alunos é que acabam ficando prejudicados, não aprendendo nada. Sei lá... Só sei é que o Jajá dá o maior valor a essa chance que ele está tendo e não está a fim de jogar fora. Por isso é que ele estuda desse jeito, não é para puxar saco de professor. É para ficar no colégio e aproveitar o que puder dos computadores, da biblioteca, dos laboratórios, da quadra de esportes...

— Principalmente da quadra de esportes... — ainda implicou Marina.

Mas logo viu que devia ser isso mesmo. A cara do Jajá. Não desperdiçar tempo, não se arriscar a perder o ano. Aquela história de tudo-ao-mesmo-tempo-agora. De qualquer modo, só para não dar o braço a torcer, a menina deu um sorrisinho irônico para o irmão, encerrando o assunto:

— Está bom... Vou fazer de conta que acredito nessa perfeição do seu amigo sem defeitos...

Agora, na aula, lembrava dessa conversa. E pensava que Jajá sentado junto da janela era outro tipo de desperdício – ele estava jogando fora a chance maravilhosa de olhar lá para fora, observar o pátio, as árvores, as janelas das outras turmas... Mas sabia que Rafael tinha razão. E que, para quem tem que batalhar muito na vida, uma boa escola faz mesmo a maior diferença. Na véspera mesmo, lá no prédio, eles tinham visto outro exemplo. A tal da Adriana tinha vindo, afinal, fazer uma primeira faxina na casa dos vizinhos atores, para aprender como é que era e poder substituir a Nilce quando a outra fosse ter bebê. Logo no primeiro dia de trabalho, estava toda contente mostrando a todo mundo

Tudo ao mesmo tempo agora | 31

(porque agora, pelo jeito, aquela assembleia na cozinha ia se repetir de vez em quando) que tinha conseguido com a patroa nova uma carta, atestando que ela trabalhava lá e precisava botar o filho na creche. Devia ser duro mesmo ter que trabalhar e não ter com quem deixar a criança. Ainda bem que a Mirella era boa gente e colaborou com a tal carta assim de cara.

— De acordo, Marina?

A voz do Veloso interrompeu seus pensamentos. Não sabia o que responder. Olhou em volta, disfarçando. A Solange fazia sinais frenéticos com a cabeça, dizendo que sim. Marina entendeu e confirmou:

— Estou, sim. Acho que é isso mesmo.

— E eu posso saber por quê? — perguntou mais uma vez o Veloso.

Marina achou melhor não insistir. Deu um sorriso meio sem graça e confessou:

— Não sei... Só palpite.

— Claro que não sabe. Como sempre, estava no mundo da lua, pensando na morte da bezerra. Então não consegue nem saber se está de acordo com uma coisa tão simples. Porque não sabe o que eu disse. Então vou repetir. Eu disse que quero que todo mundo este ano leia pelo menos um livro novo por mês.

"Grande novidade", pensou Marina. "Ele pede isso todo ano..."

— Mas não quero que ninguém se sinta obrigado a ler um livro que não queira — continuou o professor. — E vocês não são mais uns pirralhos, estão acabando o curso, têm que ter juízo e aprender a se virar na vida. Então resolvi que desta vez vou deixar que cada um escolha o livro que quiser. Vou dar só uma lista de sugestões de autores e títulos, para quem estiver sem ideia. Na última aula do mês, cada aluno me entrega uma redação, feita em casa, comentando o livro. Podem anotar aí, pra isso é que serve agenda, não aceito redação atrasada e não vou ficar lembrando data da entrega a ninguém. E não quero embromação! A nota vai levar em conta também os méritos de quem ler mais de um livro, a imbecilidade de quem escolher um livrinho idiota ou a preguiça de quem só quiser ler meia dúzia de páginas todas cheias de figuras... De acordo agora, dona Desligada?

Claro. Até que podia ser legal. O Veloso era durão, mas tinha boas ideias. Rosnava desse jeito, mas não mordia, como dizia a Cíntia. Quer dizer, era superexigente, mas aproveitava ao máximo o que os alunos faziam, reconhecia o esforço mesmo quando o resultado não era perfeito. E não exigia que todo mundo concordasse com ele. Tudo bem, esse novo esquema dele podia até ser bem interessante.

Jajá foi que ficou todo animado. Na volta para casa, veio comentando com Rafael.

— Pô, cara, se você me emprestar alguns daqueles livros que tem lá na sua casa, eu vou me dar superbem...

— Claro, Jajá.

— Posso ir lá hoje escolher o primeiro?

Marina, ouvindo o pedido, caiu na gargalhada:

— Já? Já? Jajá... Mas logo na primeira semana de aula...

— Melhor, né? – explicou Jajá. – A gente ainda não tem muita matéria, eu leio logo, escrevo logo, e posso começar em seguida a ler o do mês que vem...

— Pelo jeito – brincou Rafael – antes da Semana Santa você já vai ter um banco de redações, com material para o ano todo... Quem sabe até dá para descolar alguma graninha, vendendo umas redações extras para quem não tiver tempo de fazer...

Jajá riu:

– Sabe que até que não era má ideia? Do jeito que eu leio rápido, era capaz até de conseguir juntar dinheiro para comprar aquele som maneiro que eu ando querendo...

Agora esse tal som era a mania dele. Tudo começou quando os pais compraram um sofá-cama e trocaram de lugar com ele. Passaram a dormir na sala, deixando o quarto para o filho, que pela primeira vez tinha um espaço todo seu, com uma porta que ele podia fechar sem ninguém entrar. Até Marina, que nunca tinha ido na casa dele, sabia cada detalhe de como era esse quarto, de tanto ouvir Jajá e Rafael conversando. Tinha *poster* de altas ondas na parede, tinha estante de livro, tinha ferramenta e modelo de barco e avião, de armar. Só não tinha um som. Ainda. Porque não havia a menor dúvida de que o Jajá ia conseguir logo. Em pouco tempo mesmo...

– Dependendo de quanto você cobrar pela redação, eu até que posso me interessar... – disse ela, de brincadeira.

Jajá ficou todo sem graça e se explicou:

– Desculpe, Marina, mas eu não estava falando sério. Não leve a mal, mas eu nunca ia poder fazer uma coisa dessas...

– E posso saber por quê? Não está a fim de ajudar ninguém, é? Muito sério, ele foi definitivo:

– Não. É que não está certo. Não é justo.

Rafael caiu na gargalhada:

– Juju volta a atacar! Ju-ju! Ju-ju! Ju-ju!...

Os três riram. E como já estavam chegando em casa, o assunto morreu aí.

Mas ninguém é obrigado a saber do que estavam falando e a entender a piadinha, que, na verdade, só se explica por uma coisa que acontecera um ano antes. Vale a pena contar, até mesmo porque é um ótimo jeito de conhecer um pouco mais o Jajá.

No começo da sétima série, o Zé Eduardo, professor de Educação Física, reuniu no pátio todos os alunos, da quinta à oitava, e explicou que no segundo semestre eles iam participar de uns torneios intercolegiais, jogando vôlei, basquete e futebol. Por isso, iria logo dividir todo mundo e preparar os diferentes times, para o ano todo. Ia haver uma equipe A (com os melhores jogadores), uma equipe B (com os bons, que podiam ficar na reserva e eventualmente substituir alguém da A) e depois vinham a C, a D, quantas fossem necessárias para acomodar todos os alunos, agrupando os que não tinham mesmo chance de ir defender o colégio numa disputa externa. Todo mundo ficara na maior animação, falando ao mesmo tempo, comentando preferências, um grande tumulto. De repente, ouviu-se o apito do Zé Eduardo pedindo silêncio. Em seguida, ele disse:

— Acho que o Jaílson ali está meio nervoso, querendo falar e ninguém deixa. O que é?

Era verdade. O Jajá estava exaltado. No meio de um grupo, aos berros, e os outros ainda berravam mais. O maior bate-boca. Com o silêncio, ficou todo mundo olhando para ele. O professor insistiu:

— Vamos, o que está acontecendo?

Todos olharam para o Jajá ao mesmo tempo. O colégio inteiro reunido no pátio, já pensou? Só esperando ele responder... Ele ficou tão nervoso que tremia, suava frio e nem conseguia falar. Desatou a gaguejar:

— Não é ju-ju-ju-ju-ju-...

E não saía disso.

O pessoal foi prendendo o riso, e ele lá:

— ... ju-ju-ju...

Estourou uma gargalhada só, de uma vez, com toda força, feito trovoada no final de um dia abafado de verão.

Aí mudou. Porque ele ficou tão furioso que avançou pelo meio de todos os colegas, foi até junto do Zé Eduardo, pegou o apito pendurado no pescoço dele, deu umas tremendas apitadas até os outros ficarem quietos de espanto e começou:

– O que eu quero dizer é que, me desculpem, mas assim não é justo. Quem não joga bem e está num colégio, numa aula de Educação Física, tem é que aprender a jogar. Não tem que ser descartado logo no começo do ano.

Depois desse começo, fez um verdadeiro discurso. Disse que concordava com a ideia de que na hora do torneio o colégio ia ter que ser representado pelos melhores jogadores, com chance de ganhar. Mas não achava certo que esses jogadores já ficassem escolhidos no começo do ano. Primeiro, porque tirava o estímulo dos outros que não iam se esforçar para crescer, pois estavam mesmo de fora. Segundo, porque um colégio não é um clube, existe é para ensinar e dar chances iguais para todos se desenvolverem. Terceiro, porque... a essa altura nem dá mais para lembrar de tudo. Mas era um montão de argumentos. E sempre voltava a dizer as mesmas palavras que usou no começo e na conclusão.

– Desculpe, mas não acho justo...

Ficou a maior confusão no pátio, todo mundo discutindo o assunto, sem se chegar a nenhuma conclusão:

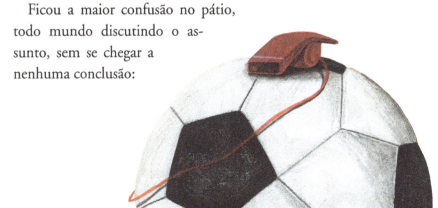

— Isso é a maior babaquice que eu já ouvi. Enquanto a gente estiver dando chance pra todo mundo, os outros colégios estão treinando e vão dar a maior surra na gente...

— Nada disso, o Jajá está certo!

— Certo coisa nenhuma! Onde já se viu perder tempo com perna de pau?

— Ah, é? E se os outros professores resolverem fazer o mesmo? Quem é bom em Matemática vai em frente, os outros que se danem... Quem já gosta de ler ganha livro bom, os outros estão dispensados... está certo, é?

— É o mesmo que não convidar pra uma festa quem não sabe dançar. Como é que a gente vai aprender?

— Isso é conversa de quem não sabe jogar!

— Ah, é? Então como é que saiu logo da cabeça do Jajá? Está esquecendo que ele é o cestinha e o artilheiro do colégio, o único cara que sempre acaba entrando na equipe de basquete, na de vôlei e na de futebol?

— Nunca vi besteira tão grande!

— Gente, que absurdo!... Vocês estão querendo que o Eça não se classifique, é? Só pra dar chance a quem é ruim? Isso é o maior egoísmo, vocês não têm amor nenhum ao colégio, só pensam em vocês mesmos...

— Egoísta é você, que tem esse tamanho todo e se garante! Mas como é que fica quem não tem? Os menores nunca vão ter chance, é?

Etc. etc. etc. A discussão levou a manhã inteira. Aliás, o próprio Zé Eduardo incentivou, parecia estar achando a maior graça e se divertindo muito com tudo aquilo. Propôs até que todas as turmas continuassem debatendo o assunto durante a semana, fizessem reuniões e "elaborassem uma pauta de sugestões

Tudo ao mesmo tempo agora | **37**

com propostas para a questão". Assim mesmo, nesses termos. Por causa de uns times de colégio!

No sábado seguinte, quando todo mundo se reuniu no pátio outra vez, foi feita uma votação. A proposta vencedora (por grande maioria) era de um garoto da quinta série e sugeria que se fizesse "como a gente sempre faz quando professor não se mete". Ou seja, o Zé Eduardo escolheu os melhores jogadores para serem capitães das equipes. Eles tiraram a sorte para ver quem era o primeiro, o segundo e assim por diante e foram selecionando seus jogadores. Cada um dizia um nome, depois era a vez do seguinte e a escolha ia rodando. No final, havia vários times equilibrados, todos com alguns bons jogadores (escolhidos logo) e alguns bem ruinzinhos (os encalhes do final). E ficou combinado: todo o primeiro semestre ia ser assim. Só no começo de agosto é que o professor escolheria entre todos os alunos as seleções do colégio (por esporte e faixa etária), que iam passar a ter treinamento intensivo para o torneio.

Essa confusão toda teve duas consequências. A primeira é que, pela primeira vez em sua história, o Eça conseguiu estar entre os quatro finalistas do torneio intercolegial em todas as modalidades que disputou. A segunda é que o colégio inteiro ficou sabendo que o Jajá tinha mania de justiça. E desde esse dia muita gente passou a chamar o Jajá de Juju ou de Justiceiro. Pelo menos, em algumas ocasiões.

4 *Na hora da raiva*

Jaílson acabou de passar a flanela no troféu e o colocou de novo na prateleira. Era o terceiro que ganhava, além das medalhas que já vinha juntando com o time de basquete do colégio. Mas este era o mais bonito. De resina azul-esverdeada, com o formato de uma onda se quebrando. Bem como sempre sentia no mar, uma crista de espuma ameaçando se quebrar por trás dele, quando deslizava para a areia, em pé na prancha, pernas flexionadas dando a direção, braços controlando o equilíbrio, depois de ficar um tempão esperando uma onda boa.

Agora estava ali, só a forma, dominada – uma onda paradinha, na prateleira. Entre outros dois prêmios: um também de resina, com forma de prancha em pé, e mais uma taça de metal brilhante com a inscrição *Campeonato Estadual, Categoria Júnior, Segundo Lugar*. Mas desta vez, a onda azul, foi um prêmio muito especial. Além do troféu, havia também um cheque. E, de repente, muito antes do que esperava, ele agora ia ter condições de comprar o som que queria. Sem gastar as economias. E ainda juntando a elas uns trocados, para alguma outra coisa mais tarde. Talvez uma prancha nova.

Sabia que levava o maior jeito e surfava bem. Era o esporte que preferia, mais que qualquer outro. Não dependia de receber bem a bola, de estar numa equipe especial. Era só com ele, o mar, o vento, o jeito do céu. E adorava os amigos do surfe, uns dando força para os outros, todos se fazendo companhia. Tinha horas que pensava em dedicar a vida ao surfe, a sério. Treinar mais para ganhar torneios internacionais. Arrumar um patrocínio para poder disputar campeonatos em outros lugares, no Equador, na Costa Rica, até no Havaí e em Bali, quem sabe? Não era um sonho impossível, com suas qualidades de surfista. Sabia disso. Mas não durava muito. Como todo esporte, um dia ia ter que parar. E aí? Como é que ia se arranjar? Profissão: ex-surfista. Não ia a lugar nenhum. Ainda por cima, filho de porteiro e de caixa de supermercado. Faltava capital. Não dava nem para fazer como alguns outros, que iam virando empresários ligados ao surfe e fazendo uma vida profissional relacionada ao esporte. Abriam seus pequenos negócios – uma barraca de sanduíches na praia, uma oficina de reparos de pranchas, uma pequena confecção de moda de verão, uma lojinha de material esportivo, uma galeria de decoração com objetos e móveis artesanais trazidos da Indonésia cada vez que iam lá pegar ondas...

Jajá sabia que, por enquanto, ia dando para ele viver com a oficina de pranchas. Mas era pouco. Coisa de jovem. Depois, ia precisar se garantir mais, ajudar em casa, pensar no futuro. Tinha que estudar. E muito em breve trabalhar com carteira

Tudo ao mesmo tempo agora | **41**

assinada, previdência, fundo de garantia, essas coisas. Arrumar um emprego com salário fixo. E horário também fixo, que jeito? Mas, enquanto podia, tentava adiar ao máximo esse dia. E se preparar para ele.

Às vezes, até esquecia, como se tivesse muito tempo. Fazia como os colegas. Deixava para pensar nisso depois. Mas era muito raro. Quase sempre, sabia que já estava chegando a hora de resolver e mudar de vida. Um aperto no coração, só de pensar. Talvez esse fosse o último ano. Pensava muito no que ia fazer. Os outros, não. Seguiam direto para o segundo grau, deslizando macio em marolas suaves. Enquanto isso, ele era enrolado e afundava num turbilhão – com sorte, quem sabe?, pelo menos realizava o sonho de um curso noturno, ou escola técnica. Mas o mais provável era batalhar por um emprego na oficina mecânica do Giba, ou tentar pedir um lugar de mensageiro na empresa do seu Euclides... Tudo girava em volta de sua cabeça ao mesmo tempo, numa espumarada barulhenta, roncando, carregada de areia, dando cambalhotas e deixando tonto... Sabia que, no decorrer desse ano, ia ter que decidir.

Mas agora não. Ia curtir a alegria do momento.

Pegou de novo o troféu, passou a flanela mais uma vez na onda azul. Examinou o espaço na prateleira, confirmou que dava para comprar aquele aparelho compacto que tinha visto em promoção no supermercado. Amanhã mesmo, quando voltasse do colégio, ia descontar o cheque e trazer o som para casa. Mas antes, de manhã, tinha prova de inglês. E era bom passar os olhos na matéria, garantir uma nota boa logo no primeiro bimestre. Marina e Rafael é que eram sortudos. Nem precisavam estudar inglês. O pai deles tinha trabalhado dois anos nos Estados Unidos quando eles eram pequenos, os dois eram feras, falavam tudo, entendiam tudo, agora nem tinham que se preocupar com isso na hora das provas. Ele é que tinha que ficar ali quebrando a cabeça com as preposições... Se *to look* é *olhar*, como é que *to look for* podia ser *procurar* e *to look after* era *tomar conta*, e outras coisas assim?

Meio complicado. Mas língua importante, hoje em dia todo mundo tem que saber. No surfe mesmo estava cheio de palavras em inglês. Não dá para não saber. Por isso, Jajá insistia, estudava, deitado na cama, morrendo de sono depois de passar os feriados da Semana Santa no sol e nas ondas. Acabou até sonhando com uma lourinha de cabelo comprido, recém-chegada da Califórnia, que encontrava com ele na praia e dizia: "*I was looking forward to seeing you...*" e ele entendia que ela dizia "Eu estava louca para te ver..."

No dia seguinte, na hora da prova, Jajá gostou de ver que era fácil, ele sabia quase tudo, ia se dar bem. Foi escrevendo, animado. Parou um instante para pensar e viu que a Andreia, a tal aluna nova que viera de Brasília, estava esticando o pescoço para ver a prova da Marina, na frente dela. Marina também devia ter percebido, porque se deitou um pouco para a frente e escondeu o papel com o ombro. Da fileira mais adiante, a Solange se manifestou, num sussurro:

– Qual é a resposta da terceira?

Marina não disse nada, mas devia ter ouvido, porque até ele, do outro lado, escutara perfeitamente. A sorte é que nessa hora a Miss Kate tinha chegado até a porta e falava alguma coisa com alguém que a chamara ali. Porque senão também ia ouvir. Solange insistiu, perguntou de novo. Andreia pediu:

– Puxa, dá uma ajuda...

Marina hesitou. Primeiro, ficou com pena. Afastou um pouco, meio disfarçando, e deixou a colega de trás ver a prova dela. Depois, de repente, lembrou do Jajá. Sabia que ele tinha metido a cara nos livros, estudado muito. Não era justo, como ele diria. Não estava certo que agora duas pessoas que não tinham estudado, não fizeram nenhum esforço e não sabiam nada, fossem ter nota mais alta do que ele só porque colavam. Então, continuou fazendo de conta que não era com ela.

De repente, a Solange se irritou e puxou a prova da Marina, segurou bem alto para a Andreia ver também e começou a copiar. Marina puxava o papel do outro lado, parecia que ia rasgar. Mas antes disso Miss Kate se virou e viu a cena. Num instante estava em pé ao lado, tomou as provas das três (Marina, Solange e Andreia) e começou a maior bronca:

– Não admito cola. Zero para todas três.

Depois desatou a falar. Uma lição de moral daquelas. Dá para imaginar, nem precisa repetir. Marina ainda tentou dizer:

– Mas...

– Não tem nenhum *mas*... Colou, deu cola, é todo mundo culpado. Não quero nem saber. É ZERO! Para começar... Porque além disso vocês agora vão falar com dona Dóris.

Dona Dóris era a coordenadora e responsável pelo SOE, o Serviço de Orientação Educacional. Todo mundo na classe sabia perfeitamente o que isso significava. Cola no Eça era pecado mortal. Em todas as ocasiões, os diretores e professores repetiam que o colégio se orgulhava mais da formação moral dos alunos do que dos bons resultados no vestibular. Quem fosse apanhado colando não tinha a menor chance.

"Pronto", pensaram várias cabeças. "Elas agora vão ser suspensas, vão levar uma notificação para casa e os pais vão ser chamados ao colégio."

Foi isso mesmo o que aconteceu. Quando a prova acabou e elas voltaram à sala para pegar a mochila e ir embora, estavam com os olhos inchados de chorar. E como não havia nenhum professor presente logo começou a maior discussão. A Marina estava tão furiosa que até parecia que ia bater na Solange:

— Você não presta! Fica com essa cara de vítima, mas a culpa foi toda sua...

— Culpa minha, uma ova! Culpa sua, isso sim! Se você tivesse respondido quando eu perguntei, eu não precisava pegar a prova e a Miss Kate não tinha visto a gente.

— Isso mesmo! — completou Andreia. — Custava muito ter deixado eu olhar?

Os outros foram começando a dar palpite. A começar pela Bebel, que não perdia a oportunidade de se meter em tudo:

— É isso mesmo, Marina... Foi a maior falta de coleguismo. Nós todos ouvimos a Solange pedindo e vimos você negando... Francamente...

Marina continuava furiosa:

— Falta de coleguismo é vocês quererem se dar melhor do que os colegas que estudaram...

— Ah, é, bebé? Agora vai dizer para a gente que estudou? Você fala inglês, Marina, nem precisa se esforçar para uma prova... — continuava a Bebel, que, pelo jeito, estava mesmo tomando as dores das outras.

— Não estou falando de mim...

– Também só faltava essa... – disse Solange. – Além de virar as costas para as amigas, ainda vir botar a culpa na gente. A maior falta de união...

– Mas agora vou falar de mim, sim! – estourou Marina, quase chorando. – A gente tirou zero porque a Miss Kate pegou minha prova na sua mão com a Andreia copiando e nenhuma de vocês disse uma palavra para me defender. Se vocês acham que eu virei as costas e tive falta de coleguismo, bem que podiam pelo menos ter dito isso para dona Dóris. Mas não, deixaram eu me ferrar, mesmo sabendo que eu não merecia.

– E por que é que eu ia falar? – perguntou Andreia, também com os olhos vermelhos. – Você que se defenda...

– Vocês sabem muito bem que isso eu não seria capaz de fazer... – respondeu Marina, sentindo as lágrimas encherem os olhos, a ponto de se derramar.

– Claro. Porque não tinha defesa mesmo... – insistiu Bebel.

Marina não aguentou mais. Não queria chorar na frente da turma, mas não dava pra segurar. Sentia um nó na garganta, os olhos se enchendo d'água e ficava tentando prender, enquanto ouvia as piadinhas e palpites gaiatos dos colegas.

– Eu não contei nem conto nunca, porque eu tenho caráter, ouviu? Não ia acusar ninguém para dona Dóris. Podia trair, entregar e me livrar, mas isso eu não faço. Vocês todas, que ficam com essa conversa de coleguismo, e união e amizade, e não sei que mais... vocês é que... vocês não são capazes... vocês...

Pegou a mochila e foi chorar no banheiro. Mas ainda ouviu a implicância da Bebel quando saiu:

– Pronto, agora vai fazer uma cena... De novela mexicana, daquelas cheias de lágrimas fingidas.

Lágrimas de raiva, isso sim, ela queria dizer, responder. Mas já estava no corredor quando ouviu o comentário. Ainda bem que ouviu também a Cíntia:

– Cale a boca, Bebel! Chega, tá bom?

E a voz do Jajá:

– A Marina está certa... Não é justo.

Não ouviu mais. Ficou trancada no banheiro, chorando, até cansar. Depois, lavou o rosto, tirou a notificação de dentro da mochila para mostrar na portaria do colégio e justificar a saída fora de hora. Foi para casa ainda soluçando pelo ônibus. Ia ter que enfrentar os pais, de noite, quando voltassem do trabalho. Contar o que tinha acontecido, levar uma bronca. Mas o pior de tudo era ficar com zero. Não, não era. Isso dava para recuperar adiante, de algum modo, e passar de ano,

mesmo com uma média baixa. O pior de tudo era se sentir sozinha, abandonada pelas amigas. Até pela Bebel... Ou principalmente pela Bebel... Ninguém tinha ficado com ela.

Isso era o que ela pensava. Porque depois que saiu da sala a discussão continuou. Jajá fez um de seus discursos em favor da justiça. Cíntia deu a maior bronca nas outras. O resto da turma foi se manifestando, dando palpites. Era uma situação difícil, mesmo. Como Cláudio resumiu:

– O diabo é que não tem jeito! Não dá para defender a Marina sem entregar a Solange e a Andreia... E agora as três já estão mesmo com zero... Não dá para a gente fazer mais nada.

De tarde, quando Cíntia veio à casa de Marina consolar e contar o que tinha acontecido depois que ela saiu, concluiu:

– A única esperança era mesmo a proposta do Jajá.

– Que proposta?

– Bom, é que no final da discussão ele veio com a ideia de que a turma toda devia fazer um abaixo-assinado para Miss Kate, pedindo para que as três alunas que tiveram zero pudessem fazer outra prova. Sem anular aquela, claro, porque senão não tinha a menor chance dela topar. Mas, pelo menos, vocês tentavam ficar com alguma coisa diferente de zero no boletim, dividindo por dois a nota da nova prova.

– Para aquelas duas idiotas, não vai fazer muita diferença – resmungou Marina. – Mas não é má ideia. E afinal fizeram o tal abaixo-assinado?

– Não. Todo mundo concordou, mas quase ninguém quis assinar. Do jeito que a Miss Kate ficou furiosa e com essa mania anticola que o Eça tem, muita gente ficou com medo de parecer que estava apoiando vocês.

Marina não resistiu à ironia:

– Ah, é? Agora ninguém tem nada a ver com isso? Todos acham que é errado colar, não é mesmo? Que lindo! Se eu tivesse conseguido arrancar a prova da mão da Solange e Miss Kate não tivesse descoberto nada, todo mundo ia ficar a meu favor, é? Achando que eu tinha mesmo que negar cola, né?... Fico contente em saber disso... Nunca pensei que fosse tão querida por meus amigos, todos tão honestos... Nessa hora é que a gente vê o que é a verdadeira união da turma, o senso de coleguismo...

– Não precisa ficar assim, Marina.

– Precisar, não precisa. Mas fico. Acho que todo mundo foi muito covarde. Bastava alguém ter dito a Miss Kate que eu não tive culpa, e a situação já era outra. Pelo menos, ela ia ter que fazer umas perguntas àquelas duas, na frente de todo mundo... Mas não. Parecia que não tinha mais ninguém na sala. E depois, quando a Bebel teve aquele ataque e começou a me agredir, só se ouviu gente concordando, fazendo piadinha.

Marina mudou a voz, para imitar algumas das coisas que o pessoal sempre dizia, e continuou:

– Quem não cola, não sai da escola... Ué? Não chama *colégio*? *Escola*? Tem cola até no nome. Se fosse para estudar em vez de colar, chamava *estudégio*, *esestudo*, qualquer coisa assim...

Cíntia interrompeu:

– Está certo, você está morrendo de raiva, tem todo o direito. Mas também está sendo injusta. Teve uma porção de gente que te defendeu. Depois que eu e o Jajá começamos a falar, caiu todo mundo em cima da Bebel. Você não estava mais lá, não ouviu, não sabe...

Tudo ao mesmo tempo agora | **49**

– Mas assinar o abaixo-assinado, que é bom e pode ajudar, ninguém vai assinar... – insistiu Marina, lembrando que tinha ouvido um pouco do começo dessa defesa.

– Nem vai precisar, Marina. Quando o pessoal ficou vacilando, o Jajá parece que teve um surto. Ficou berrando que não era justo, falou um monte de coisas, daquele jeito dele, e saiu pela porta afora. Foi atrás da Miss Kate na sala dos professores. Conversou com ela, e deu um jeito de convencer a fera, porque voltou com a novidade de que vocês três vão fazer uma outra prova, muito mais difícil. Mas ela avisou que vocês vão ver só, vai dar a vocês uma *unforgetable lesson*.

– Já deu, Cíntia, já deu... – suspirou Marina, aliviada. – Nunca mais vou esquecer. Aprendi uma porção de coisas. Para sempre.

– O quê, por exemplo?

– A mais importante é que nem todo mundo que a gente pensa que é amigo é mesmo, de verdade. Mas que você, por exemplo, é. E eu fico muito feliz de ter perto de mim uma pessoa como você. E como o Jajá, que é um carinha legal.

Marina deu um abraço em Cíntia, comovida. E ficou surpresa de ouvir a outra dizer:

– Você não está sendo justa, Marina.

– Como assim?

– O Jajá não é um carinha legal. Isso é pouco para ele, eu acho. Ele é um cara superlegal, corajoso, direito, inteligente e cheio de ideias, amigo dos amigos, com o maior senso de justiça. A gente vive falando nele assim como se ele fosse uma figura divertida, um cara meio engraçado e brigão, chamando de Juju, essas coisas... Mas eu acho que ele merece mais respeito.

– Você está certa. O Jajá é superlegal e merece respeito, eu reconheço. Vou lá embaixo agradecer a ele. Isso é que se chama "um grande toque". Viu só? Você é mesmo uma amigona, Cíntia.

– Ele é que foi um amigão. Merece mesmo nosso respeito e admiração. E carinho, amizade, Marina, ele é um cara meio sozinho no meio da turma, só tem os colegas do time, mas não sei se isso é amizade mesmo. Você precisava ver o jeito dele quando acabou de falar. Disse que, se todo mundo estava se cagando de medo, ele não estava e não ia aceitar uma injustiça dessas. Falou bem assim mesmo. E saiu da sala. A gente ficou até com vontade de bater palmas. Parecia aqueles filmes de bangue-bangue, quando o justiceiro solitário aparece na ponta da rua para enfrentar os bandidos. Ele podia estar sozinho, podia se dar mal, mas ia lutar até o fim pela justiça. Foi emocionante! Demais!

Marina tentou imaginar a cena. Não conseguia, lembrava mais do Jajá gaguejando, meio tímido. Ele devia ter ficado mesmo com muita raiva, para vencer essa timidez. Na hora da raiva, a gente faz coisas que nem imagina. Uns correm, outros batem, outros choram e se desesperam – que nem ela. Estava descobrindo que o Jajá, nessa hora, enfrentava. De um jeito bonito.

E graças a esse jeito ela conseguiu melhorar a média e se livrou do pior. Porque os pais, quando souberam do que tinha acontecido, até que foram compreensivos. O pai só disse:

– Vê se aprende a ser mais esperta da outra vez e faz um escândalo na hora. Pra dar uma lição nessas falsas colegas.

E a mãe, que ouviu calada, depois apareceu com um sorvete de pistache – que era o preferido de Marina:

– Toma, para compensar o zero. Eu sei que você não teve culpa. Não esquenta a cabeça, não, você tem nota de sobra, vai passar...

Já a Solange não teve a mesma sorte. Todo mundo na classe ficou sabendo que depois da entrevista dos pais dela com dona Dóris a coisa fedeu para o lado dela. Foi bronca, castigo, um horror. Pelo menos, ela se fez muito de vítima.

De qualquer modo, a situação foi melhor que a da Andreia. Esta, coitada, passou por tudo em brancas nuvens. Os pais nem ligaram. Pelo jeito, não ligavam mesmo muito pra ela. E depois das férias de julho, quando já estava evidente que as notas da Andreia eram muito baixas, em várias matérias, ela não voltou mais para o Eça. Dizem que a família foi outra vez para Brasília, onde o pai tinha sido nomeado para alguma outra coisa. Mas parece que ela foi mesmo para um desses colégios *pagou-passou*.

5 É só querer?

Numa conversa animadíssima, Marina e Cíntia vinham chegando do colégio. Em frente ao prédio encontraram Bia e Marta, as vizinhas do 101. Bia foi logo chamando:

– Vocês não querem ir lá em casa depois do almoço? Está chegando o aniversário da Marta e a gente quer combinar a festa.

– É... – reforçou a irmã. – Estamos fazendo lista de convidados, escolhendo músicas, essas coisas... Vocês podiam dar uma força.

As outras duas se olharam com ar de quem estava com pena. Marina respondeu:

– Acho que hoje vai ser difícil. Só se for bem no fim da tarde. E, mesmo assim, não dá para garantir.

– Então fica pra outro dia. Mas o que é que vocês vão fazer hoje?

– A gente vai ter um trabalho de grupo para o colégio, superlegal! – explicou Cíntia, animadíssima. – Um júri simulado. Vai ser demais!

Cíntia, animadíssima com um trabalho de grupo? As três amigas olharam para ela com cara de espanto.

– Espera aí, acho que eu ouvi mal – disse Bia. – Vocês vão estudar ou tirar férias?

– Eu acho é que tem algum menino muito especial nesse grupo... – brincou Marta.

Cíntia ficou sem graça. Mas, antes de conseguir dizer alguma coisa, Marina já estava respondendo:

– Os únicos meninos do grupo são o Jajá e aquele espinhento do Cláudio, que vocês conhecem da festa da Manu. Se vocês acharem algum deles muito especial, podem ficar com ele... Somos nós duas, eles dois e mais a Solange.

– Então por que toda essa empolgação da Cíntia?

Boa pergunta.

Em geral, Cíntia já não era muito chegada a um estudo. Além disso, as amigas sabiam que ela ficava muito mal-humorada toda vez que tinha de fazer um trabalho em grupo. E eram muitas vezes, porque os professores do Eça tinham mania de achar que o estudo coletivo desenvolve o espírito de equipe, cria uma tal de "dinâmica renovada nas relações entre os colegas", incentiva a descoberta de novas fontes de dados e tem não sei quantas vantagens pedagógicas mais.

– Odeio essa palhaçada... – costumava dizer Cíntia, resmungando, toda vez que havia trabalho de grupo. – Odeio!

Ódio era exagero. Não passava de irritação. Mas se expressava com uma veemência que ficou famosa, até mesmo para Marta e Bia, que eram só vizinhas de prédio e nem estudavam no Eça de Queirós.

No fundo, a própria Cíntia sabia que não tinha tanto horror assim do trabalho em equipe. Quer dizer, até curtia estudar com os colegas e fazer alguma coisa juntos. Mas detestava tudo o que vinha antes. A começar pela escolha dos grupos pelos professores, sempre empurrando uns chatos que não faziam nada e se aproveitavam do trabalho alheio, ou uns perfeccionistas que empatavam o tempo, não deixavam o estudo avançar, e passavam a tarde toda no mesmo lugar, deixando uma trabalheira para a última hora. Havia sempre um monte de discussões para conseguirem conciliar os horários, combinando o treino de judô de um com a aula de dança de outra. E no fim ainda era a tensão de ter que se despencar de ônibus para a casa de alguém, numa rua desconhecida num outro bairro, sem ter certeza de que se ia saltar no ponto certo. Quando eles eram menores, sempre havia alguma mãe para levar e apanhar de carro, dando carona para os outros. Mas agora que estavam todos mais independentes, circulando sozinhos pela cidade, sobrava a chateação. Tinham que se virar para descobrir os livros em que iam pesquisar, ou para ir à papelaria comprar cartolina se precisassem fazer um gráfico grande ou cartaz.

Mas dessa vez foi diferente. O Luís Guilherme, professor de História, deixou que eles mesmos escolhessem os grupos. E ainda sugeriu um critério geográfico, aconselhando que procurassem reunir colegas que morassem próximos. Resultado: juntaram-se Cíntia, Marina e Jajá, que moravam no mesmo prédio, e mais Solange e Cláudio, que viviam a poucos quarteirões de distância, dava para virem a pé.

Além disso, o tipo de trabalho era interessante. Iam fazer um júri simulado, como se fosse um julgamento mesmo, de verdade. Uma equipe era a promotoria, quer dizer, preparava a acusação. O grupo deles ficava encarregado da defesa. O réu era uma figura histórica. No caso, o rei D. João VI. Os outros alunos funcionavam como jurados, pesando os argumentos das duas partes e decidindo se o acusado era culpado ou inocente, do ponto de vista do Brasil. Ou seja, se o seu governo trouxe mais vantagens ou desvantagens para o país. Só que no final tinham que dar sua opinião por escrito, para não ficar no bem-bom e para compensar a trabalheira prévia dos grupos que faziam a defesa e a acusação, e que já tinham se matado preparando tudo. Exigência do Luís Guilherme.

Pelo menos, essas foram as explicações detalhadas que Cíntia deu para as amigas, justificando sua empolgação exagerada:

– Desta vez é diferente. Muito bem bolado. E não preciso nem sair de casa, todo mundo é que vem estudar comigo.

– Com direito ao famoso lanchinho da casa da Cíntia!... – brincou Marina.

– Oba! Não sobra para os vizinhos? – perguntou Marta, rindo.

– O que sobrar eu levo para sua casa quando a gente for combinar a festa... – prometeu Cíntia.

– Com aquele seu irmão em casa? E mais dois meninos no grupo? Um deles o Jajá? Não sobra nada... – concluiu Bia.

– Isso já é implicância – defendeu Cíntia. – O Antônio já está acostumado, lancha em casa todo dia. E nunca vi o Jajá bancar o esfomeado nem se atirar em cima de comida. Só se o Cláudio fizer isso...

– Está bem, não precisa ficar zangada, eu estava só brincando – acalmou Bia. – E está certo que o Jajá não se atira nos sanduíches, mas é só oferecer que ele traça. Nunca ouvi ele dizer *não, obrigado*. É um tal de *aceito* pra cá, *aceito* pra lá que quando a gente olha o prato está vazio...

– Cuidado, muda de assunto que lá vem ele... – avisou Marina.

Jajá e Rafael iam ao colégio de bicicleta, quando não chovia. Por isso, sempre chegavam de volta muito antes delas, que vinham devagar, conversando... E, com a pressa de sempre, ele já tinha trocado o uniforme e vinha saindo do prédio. Ao passar por elas avisou:

— Não se preocupem que eu já volto. Vou só ali no eletricista buscar o ferro que minha mãe mandou consertar...

— Não atrase, hein? — recomendou Cíntia. — A gente vai começar às duas e meia. O pessoal vem logo depois do almoço.

— Eu também. Até já almocei...

— Já?

— Já...

Jajá, claro... Todas riram. Era o Jajá de sempre. Tudo-ao-mesmo-tempo-agora.

Foi cada uma para sua casa.

Pouco antes da hora marcada, Jajá tocou a campainha dos fundos da casa de Marina e mandou perguntar se ela estava pronta, para subirem juntos até a cobertura.

— Um instantinho só... Se quiser, vai subindo... — gritou ela lá de dentro.

— Não, eu espero. Tem tempo...

Marina achou que ele estava meio sem graça de chegar lá sozinho. Como era amigo de Rafael, não tinha essa preocupação na casa dela. Mas na da Cíntia era diferente: não tinha intimidade com o Antônio, irmão dela, que estudava em outro colégio. E havia um lado do Jajá que era assim, meio encabulado, tímido mesmo.

Quando ela chegou, carregando uns livros e o estojo, ia apertar o botão do elevador mas Jajá, claro, já estava subindo os primeiros degraus da escada, de dois em dois, com um envelope na mão. Ela foi atrás, mais devagar. Afinal, era só um andar, e um pouco de exercício não faz mal a ninguém. Mesmo depois do almoço.

– Sabe aquela Adriana que fez umas faxinas no 201? – Jajá estava perguntando para a empregada da Cíntia quando Marina acabou de subir a escada. – Ela vem pegar uma encomenda da dona Mirella, este envelope aqui... Qualquer dúvida, é só me chamar.

Para Marina, comentou:

– Tem mesmo gente muito boba nesse mundo...

– Quem? – perguntou ela, enquanto entravam pela cozinha adentro, chegavam à saleta e subiam a escada para o salão do terraço, onde iam estudar.

– Essa tal de Adriana! Você acredita que ela está se abalando lá do subúrbio onde mora só para vir aqui pegar uns autógrafos de dona Mirella e seu Augusto?

– Mas ela não trabalhou um tempo na casa deles? Por que não pediu?

– Sei lá... Parece que deixou para pedir na hora de ir embora, mas eles estavam com pressa, ficaram de dar e esqueceram. Depois ela ligou lembrando, eles iam viajar, deixaram lá em casa para ela pegar. E como hoje é a folga do meu pai, ele pediu para eu entregar... Colei um bilhete na porta, dizendo que vinha para cá...

– E ainda bem que vieram cedo... – interrompeu Cíntia, recebendo os amigos no alto da escada. – Solange já chegou. Podemos ir começando, porque o Cláudio não deve demorar.

Não demorou mesmo. A campainha da frente já tocava. Cíntia pediu que a empregada preparasse um lanche (o famoso!) para trazer às quatro horas. Num instante todos se espalharam em volta da mesa, com livros, cadernos e canetas. Solange foi abrindo os livros, procurando as páginas que tratavam do reinado de D. João VI. De repente, estranhou:

– Gente, qual foi o maluco que trouxe um livro sobre Napoleão?

– Fui eu... – respondeu Cláudio, meio sem graça. – Mas maluco é o Jajá, porque foi ele que pediu.

– Dá para explicar por quê? – perguntou Solange. – Num trabalho de história do Brasil você vai pesquisar história da França?

– Claro! – respondeu ele. – D. João só veio para cá porque Napoleão estava invadindo tudo quanto era país da Europa e já estava chegando em Portugal. Se não tivesse perigo, ele tinha ficado por lá e nunca que o Brasil ia virar reino... Então eu achei que era bom a gente dar uma conferida nessas coisas, para entender melhor.

– Mas isso a gente já sabe, é só dizer, e pronto... – insistiu Solange.

"Sempre a mesma preguiçosa... Por ela, não faz nada... Só quer moleza", pensou Marina, que não esquecia o episódio da cola e não conseguia mais ser amiga da Solange. Mas só pensou. Achou melhor ficar calada, ouvindo a resposta do Jajá:

– Mas tem que entender Napoleão, os aliados dele, os inimigos. Como é que a gente pode entender D. João VI sem saber da época dele? Da relação com a Inglaterra? Vale a pena explicar...

– Pelo amor de Deus, Jajá... Essa não... Você agora vai querer contar a história de tudo quanto é país? Daqui a pouco vamos estar estudando a China, só para você explicar D. João VI... Assim, isso não acaba nunca...

Ele ficou meio sem graça. Foi salvo pela Cíntia, que perguntou:

– Então, o que é que vocês sugerem? Por onde a gente começa?

– Bom, se é um julgamento, e estamos encarregados da defesa, a gente podia fazer uma lista das coisas favoráveis a ele – propôs Cláudio.

Ficaram um pouco em silêncio. Era difícil começar. Objetivamente, Marina perguntou:

– Afinal de contas, de que é que ele é acusado? A gente ainda não sabe o que a acusação vai dizer...

Todos se entreolharam. Cláudio sugeriu:

– De covarde? Pode ser... bastou os soldados de Napoleão chegarem perto para ele fugir para o outro lado do oceano com a corte toda... Como é que se pode defender alguém dessa acusação?

Começaram a discutir. Se o rei (aliás, ainda príncipe regente, como Marina fez questão de lembrar) podia ter enfrentado os invasores. Se devia. O que os outros reis de outros países fizeram. O que aconteceu com eles. Por que Napoleão, tão poderoso e dominando tantos países, estava interessado em ir tão longe e invadir Lisboa. Quanto mais se enrolavam, mais achavam que talvez Jajá tivesse razão. Tinham que saber um pouco da Europa na época, principalmente da Inglaterra, o único país que enfrentava Napoleão. E não dava para esquecer os tratados que ligavam Portugal aos ingleses.

Deram o braço a torcer e concordaram em que Jajá, que conhecia melhor a história de Napoleão, situasse historicamente a mudança da família real para o Brasil, conferindo uma ou outra coisa no livro que Cláudio trouxera. Pouco a pouco, Jajá foi assumindo a liderança do trabalho. Sugeriu que eles imaginassem que no tal júri simulado iam atacar D. João VI, em vez de defendê-lo, e fizessem uma lista de possíveis acusações.

Solange começou a protestar:

– Ficou maluco, é? Agora quer que a gente faça o trabalho dos dois grupos?

– Não. Quero só estar preparado, imaginar o que podem usar na acusação e ter resposta pronta.

Os outros concordaram. E mesmo interrompidos por uns dois telefonemas, pela vinda da Adriana para pegar o envelope e por um fantástico lanche (de chocolate batido com sorvete e sanduíches de pastinhas variadas), aproveitaram muito bem a tarde. Jajá foi organizando o trabalho e o tempo rendeu. Examinaram os aspectos econômicos, culturais e políticos da vinda da família real para o Brasil. Descobriram consequências dela que se irradiaram por muitos anos e muitos aspectos da história: abertura dos portos, fundação de instituições culturais, incentivo a um começo de industrialização, apoio às crescentes ideias de independência (aproveitando para garantir uma independência muito relativa e manter a família real portuguesa no novo trono), reforço da dependência econômica em relação à Inglaterra (cheia de desvantagens, mas também trazendo a proibição do tráfico de escravos daí a alguns anos). Uma porção de coisas, variadas e controvertidas, mas interessantes, ligadas a montes de aspectos diferentes da história.

Quando perceberam, já estava quase escurecendo, porque em maio os dias já eram mais curtos. Mas acabaram o trabalho satisfeitos:

– Acho que vamos ganhar esse júri... – comentou Solange.

– Claro que vamos! Não tem para ninguém... Do jeito que nos preparamos... – disse Cláudio.

– Também, é quase covardia com os outros. Com Jajá, o Justiceiro, ao nosso lado... – brincou Cíntia.

— Juju! Juju! Juju! — os quatro gritavam juntos, batendo palmas, como se fossem uma torcida.

Jajá ficou sem graça, foi se despedindo e saindo, com uma desculpa qualquer. Solange e Cláudio também desceram e só ficaram Marina e Cíntia, recolhendo os últimos papéis espalhados e ajeitando as cadeiras em volta da mesa.

— Sem brincadeira, o Jajá foi demais... — disse Marina. — Se não fosse por ele, acho que tínhamos ficado meio perdidos.

— Ele é brilhante... — concordou Cíntia. — Acho incrível ver como ele se concentra, vai encaminhando o raciocínio, emendando um argumento no outro, cercando por todos os lados... E tem o maior sentido de justiça... Tem tudo para ser mesmo um advogado maravilhoso. É só querer...

— Não sei, não... — discordou Marina, pensativa, lembrando das dificuldades econômicas do amigo, que de vez em quando ouvia o irmão mencionar.

Tudo ao mesmo tempo agora | **63**

– Como não? Marina, o Jajá é superinteligente! Ele é só tímido, mas quando se empolga e esquece a timidez ninguém pode com ele. Vai ser brilhante em qualquer coisa que fizer... Direito, jornalismo... Já imaginou ele investigando uns casos de corrupção para alguma revista, escrevendo artigos nos jornais, entrevistando políticos na televisão? Ele vai dar certo no que quiser...

– Não tenho tanta certeza assim, Cíntia. Nem sempre depende da pessoa querer...

– Pois eu tenho! E, para começar, vamos todos ganhar esse júri simulado, dar uma surra na outra equipe e tirar dez com esse trabalho! Também tenho certeza.

Foi isso mesmo o que aconteceu.

Mas quanto aos sonhos para o futuro do Jajá, ainda era cedo para saber.

6 Cruzeiro do Sul em Cerro Azul

BEM-VINDOS A CERRO AZUL
DIVIRTAM-SE

Só daí a uns dois dias é que Marina e Cíntia foram à casa de Bia e Marta combinar a festa. Quando chegaram lá, encontraram as amigas vendo fotografias:

– Vejam a figura da Bia montada a cavalo com um chapelão... – mostrou Marta.

– E a Marta no alto da goiabeira igual a um macaquinho... – devolveu Bia.

As vizinhas começaram a ver as fotos junto com elas. Tinha piscina, cachoeira, jogo de vôlei. E um grupo de meninas posando para um retrato, num quarto cheio de camas-beliches.

– É colônia de férias? – perguntou Cíntia.

As duas riram.

– Não, é o sítio do meu avô. Cerro Azul. Essas aí são minhas primas, quase todas. Menos estas duas aqui, que são amigas delas.

– E cabe essa gente toda lá?

– Cabe... É uma casa enorme, com um monte de quartos. Tem cama-beliche, bicama, e ainda dá para abrir uns colchonetes no chão... – respondeu Bia.

– Sem falar no sofá-cama e nas redes da varanda. Lembra daquele ano em que o amigo do Felipe dormiu na rede e teve um pesadelo com um navio em alto-mar? – riu Marta. – Acordou a casa toda no meio da noite, berrando que estava enjoando e ia vomitar... E o pior foi que vomitou mesmo...

Rindo junto, a Bia explicou:

– É... mas não foi por causa da rede. A gente tinha ido de tarde visitar o sítio de um vizinho que plantava cana e tinha um alambique...

– O que é isso? – interrompeu Marina.

– Um aparelho para fazer cachaça. O cara mandou um litro de pinga de presente para o vovô. Mas o Felipe e o amigo, que vinham trazendo, inventaram de dizer que no caminho a garrafa tinha caído do cavalo e quebrado. Só que eles tinham guardado para tomar escondido de noite... Passaram tão mal que até hoje o Felipe não aguenta nem sentir o cheiro de álcool quando alguém destampa uma garrafa do outro lado da sala. Vai logo ficando meio verde e saindo para o ar puro.

– Quem é o Felipe? – quis saber Marina.

– Um primo nosso, de Belo Horizonte. Quando ele vem para as férias no sítio sempre traz um amigo.

Ouvindo isso, Cíntia deu uma indireta tão direta, com um ar tão pidão, que Marina pensou que ia morrer de vergonha.

– Puxa, vai tanto amigo lá, e vocês nunca nos chamaram...

Bem que Marina tentou fingir que não tinha ouvido e mudar de assunto:

– Lá é sempre assim cheio de flores, como está nessas fotos?

Não adiantou. Ninguém respondeu. Ficou um silêncio meio carregado. Bia olhava para Marta, que olhava de volta para Bia, e nenhuma das duas dizia nada. Depois de alguns instantes que pareciam uma eternidade, os olhos de Bia brilharam, ela deu um sorriso e exclamou:

– Sou uma gênia! Estou tendo a maior ideia do ano! Marta, por que a gente não combina de levar os amigos todos para um fim de semana lá em Cerro Azul? Você não estava querendo um aniversário diferente? Pois então... Aposto que a vovó vai adorar... Ela gosta de ter a casa cheia...

E, se virando para as outras, continuou, animada:

– Assim no meio do ano tem sempre lugar, sabe? Os primos de Minas só vêm nas férias, porque para eles fica muito longe para passar fim de semana. Para a gente é que dá, é pertinho, só uma hora de carro...

Marta hesitou:

– Não sei... Acho muito legal a ideia de levar os amigos para o fim de semana. Ia ser o máximo! Mas, no aniversário, não sei... Eu queria uma festa mesmo, de dança...

Cíntia, sempre oferecida, sugeriu:

– E daí? Uma coisa não impede a outra. A gente passa o fim de semana e faz uma festa lá mesmo. Não pode?

– Claro que pode! Grande ideia, Cíntia! – Bia bateu palmas, de tão empolgada. – Vai ser a maior novidade. Nunca fizemos uma festa de dança no sítio. É sempre a mesma coisa: de noite a gente joga, conversa junto da lareira, toca violão, canta...

– Não tem televisão? – perguntou Cíntia, horrorizada.

– Tem, mas não pega direito, por causa dos morros. Vovô está sempre para mandar instalar uma antena, daquelas... para... para... como é mesmo?

– Parabólica – acudiu Marina.

As duas irmãs caíram na gargalhada e Marta explicou:

– É que o dono de uma vendinha que tem lá perto mandou instalar uma, mas só chamava de antena paranoica... Aí a gente começou a imitar, de gozação, e agora nos confundimos. Toda vez que temos que dizer o nome, é preciso pensar para saber como é mesmo o certo... Mas, de qualquer jeito, minha avó diz que eles não instalam antena porque no fundo o meu avô prefere mesmo que a gente não fique plantado na frente da televisão.

– É... ele diz que ficar plantado é coisa de árvore, e que a gente tem mais é que se mexer – completou Bia. – E como de dia ninguém para, e de noite é mesmo uma delícia curtir o fogo, o luar e as estrelas, a gente acaba nem sentindo falta da tevê.

Virou-se para a irmã e insistiu:

– Como é? E o fim de semana no sítio? Afinal, você quer ou não quer? O aniversário é seu...

A essa altura, Marta já não tinha mais dúvidas.

– Quero, sim. Se der para ter festa também, claro que quero. Vai ser demais! Ih, nem vou aguentar esperar...

Começaram logo a agitar. Telefonaram para o trabalho da mãe, que achou ótimo e disse que ia falar com os pais dela. Menos de cinco minutos depois, a avó já estava ligando para as netas, na maior empolgação. Marta atendeu, conversou um bocado e, quando desligou, explicou às outras:

– Minha avó ficou elétrica... A coisa que ela mais gosta na vida é ficar com a casa cheia de netos e amigos dos netos... Já estava pensando em fazer um churrasco, e não sei que mais...

Fez uma pausa e continuou, com um ar mais hesitante:

– Ela também disse que é maravilhoso fazer uma festa no meu aniversário porque é num dia perfeito, e há anos ela não dá uma festa nesse dia... Ainda mais porque este ano cai num sábado...

– Dia perfeito? Por quê? – estranhou Bia. – Por que 12 de junho é o Dia dos Namorados?

Marta deu um sorriso meio sem graça:

– Dia dos Namorados para a gente, Bia. Até parece que você não conhece a sua própria avó... Para ela, é véspera de Santo Antônio. E o nome do vovô é Antônio...

– O do meu irmão também – intrometeu-se Cíntia.

Marta ignorou a interrupção e continuou:

– É que vovó conheceu vovô numa festa de Santo Antônio, que ela chama de "santo casamenteiro"... Há milênios, claro, uns quarenta anos pelo menos... Então quer festejar e fazer uma superfesta... Para meu aniversário e para comemorar o santo...

Bia, de repente, entendeu:

– Você está dizendo que vai ser uma festa caipira?

– Acho que é o jeito, Bia – confirmou a irmã. – Ou então não vai poder ser em Cerro Azul. No começo, ainda tentei argumentar que isso é coisa de criança no colégio, mas não adiantou. Não dava para cortar a onda da vovó. Ela já estava toda animada, falando em fogos e fogueira, em sanfoneiros e quadrilha...

– Quadrilha? – repetiram as outras.

Cíntia, sempre mais espontânea, disse o que todas estavam pensando:

– Ih, vai ser o maior mico...

– É... Mas a gente pode dar um jeito. Não precisa ser quadrilha o tempo todo. Entrei num acordo com a vó Elza. A festa começa cedo, tem sanfona e tem quadrilha – porque senão ela morre de paixão. Mas depois, a gente liga o som e dança as músicas das fitas que vamos levar... Aí fica até a hora que quiser.

– Acho que vale a pena, Cerro Azul é tão legal... – disse Bia.

– Por mim, tudo bem... – concordou Marina.

– E o churrasco? – lembrou Cíntia.

– Vai ser no dia seguinte. Ela faz questão.

– Deus do céu, é uma festa que dura dias...

– Minha avó é assim – definiu Bia.

Era muito mais, como Marina e Cíntia foram descobrindo, meio surpresas. A ideia da festa foi evoluindo e crescendo. Até algumas pessoas do Eça foram convidadas. Mas poucas, porque Marina conseguiu cortar a traidora da Bebel (nunca perdoada depois da sujeira no dia da cola). Só não conseguiu foi podar a Solange, porque era vizinha e amiga de praia da Marta.

De qualquer modo, era muita gente. Os avós das meninas alugaram um ônibus para levar todo mundo. E quando chegaram todos lá, na véspera do aniversário, tarde da noite, além de encontrarem as camas arrumadas à espera, havia uma mesa posta com um lanche fantástico, para um bando de adolescentes sempre famintos. E uma faixa pendurada na parede: "BEM-VINDOS A CERRO AZUL. DIVIRTAM-SE". Bem embaixo de um incrível relógio de madeira, em forma de casinha, de onde saía nas horas certas um passarinho cantando *cuco*!

No dia seguinte, bem cedo, à medida que o pessoal ia acordando, as janelas dos quartos iam se abrindo e só se ouviam exclamações de quem descobria a paisagem:

– Mas que legal!

– É o máximo!
– Demais!

Depois, era só chegar até a sala e descobrir que a tal mesa já estava posta de novo, agora com um supercafé da manhã, que não dá nem para descrever.

Quando estavam todos em volta da mesa comendo, ou espalhados pela varanda com pratos e canecas na mão, porque não cabia todo mundo, dona Elza puxou um coro, cantando parabéns para Marta, logo cedo, só para dar bom-dia... Em seguida a avó das meninas bateu palmas para pedir silêncio e seu Antônio falou:

– Estamos muito contentes porque vocês estão aqui conosco, festejando nossa neta e meu santo. Podem andar pelo sítio por todo canto, a Marta e a Bia mostram tudo a vocês, a Elza e eu estamos aqui para o que quiserem... Fiquem à vontade... Podem ir ao curral, à piscina, andar a cavalo... O almoço é à uma hora, e cinco minutos antes a gente toca um sino para chamar. Depois a festa começa às sete. E o Tião Fogueteiro, irmão do Zé da Gorda (que é o sanfoneiro), pediu para eu dar um recado a vocês.

Em meio a risinhos e recomendações de "psiu, silêncio, deixa ele acabar!", seu Antônio prosseguiu:

– Aliás, dois recados. Primeiro, que ninguém se meta a soltar fogos, porque disso ele se encarrega e já teve um ano, numa festa, que houve um acidente e alguém queimou a mão. Ele não quer se arriscar. Nem eu, aliás...

– E o outro recado? – quis saber Bia.

– O outro, na verdade, é mais do Zé da Gorda, irmão dele. Mas é que o Tião sempre ajuda a organizar quadrilha, ele é que fica animando a dança, dando as ordens, dizendo "anarriê!", aquelas coisas todas. E eles queriam que vocês já fossem escolhendo com quem vão dançar, que é para não ter muita confusão na hora e já se poder saber se está faltando par, ou se vai ser preciso chamar mais alguém...

Mais tarde, quando Marina lembrava desse dia, ficava até meio encabulada de pensar que tudo começou por causa desses recados do Tião Fogueteiro. Mas foi mesmo.

É que, evidentemente, essa história de ter um dia inteiro para escolher o par acabou afetando tudo o que o pessoal fazia. Assim que seu Antônio acabou de falar, quem fosse muito atento e observador já poderia perceber que cada menino ou menina do grupo estava olhando em volta disfarçadamente, pesando e medindo com os olhos e o coração, e tratando de fazer a sua escolha. Até mesmo Marina, que nem era tão observadora, reparou que estava começando uma certa movimentação diferente.

Alguns não tinham dúvidas, já sabiam muito bem quem achavam mais interessante no meio de todos os outros. O negócio era resolver se era melhor se aproximar e falar logo diretamente, ou se era preferível armar uma situação em que o convite parecesse natural. Mas nesse caso sempre se corria o risco de que um mais esperto ou mais ligeiro chegasse antes.

Mas não era o caso de Marina. Se ela tivesse que se definir, talvez dissesse que estava na turma do "tanto faz...", que não estava diretamente ligada em ninguém. Quer dizer, em termos... Podia não ter nenhuma preferência especial, mas era bom tratar de escolher logo para não ficar com a sobra. Porque com toda certeza sempre se tinha alguma "despreferência", alguém com quem não se ia querer dançar de jeito nenhum. A dela era o Rafael, claro – não ia se meter a encarar uma quadrilha atrelada ao próprio irmão! Mas nem precisava se preocupar, porque ele já estava todo insinuante para o lado da Madalena, uma loura de voz chata, do colégio da Marta, que já começava o dia toda maquiada e produzida, de brinco de argolão e blusa de oncinha.

Era engraçado aquilo. Depois do café, a turma foi se espalhando pelo gramado e pela piscina, e parecia que já era uma dança. A Solange praticamente agarrou o Cláudio, com espinhas, óculos e tudo, na certa só para garantir que não sobrava. O Beto, um baixinho tagarela metido a gozador, com cara de criança (mas devia ter uns treze anos pelo menos, porque era da turma da Marta, como quase todos), na frente de todo mundo, perguntou bem alto para a Juliana, bonita, magrela e alta, com jeito de modelo – aquela Juliana em que todos estavam de olho desde que ela apareceu:

– Queres ser meu par, ó belo avião?

E, para surpresa geral, ela topou!

O Codaque passou a manhã se exibindo na beira da piscina, fazendo pose de artista, jogando para trás aqueles cabelos louros e compridos que caíam no olho... Mas cada vez que parecia que ia chamar uma menina para dançar com ele, mudava de ideia. Quando viu, não sobrava ninguém e ele ficou sem par. Em cima da hora, seu Antônio deu um jeito e ele acabou dançando com a filha do caseiro, uma morena engraçadinha, de olhos brilhantes, mas toda encabulada, não dizia uma palavra. Ficou um par bem diferente, ele todo surfista e ela bem caipira mesmo. Todo mundo fotografou. Quer dizer, mais uma vez o Codaque justificou o apelido que o pessoal da praia tinha dado a ele, porque era tão exibido que não podia ver ninguém com uma câmera apontada para os surfistas. Ficava logo dando lucro para a Kodak, fazendo pose de comercial de verão na tevê, ou todo sorridente na prancha, descendo em marola como se estivesse fazendo a coisa mais difícil do mundo.

Mas o caso é que no meio desse escolhe-escolhe todo de repente o Antônio, irmão da Cíntia, chegou perto da Marina e mostrou:

– Olhe lá. O cara está jogado às baratas...

Então ela reparou no Jajá meio isolado. Sem ninguém em volta disputando para dançar com ele. E ficou furiosa. Um cara tão legal como o Jajá, assim de lado, discriminado por todas aquelas menininhas cheias de frescura, só porque não tinha dinheiro, não usava roupa de butique nem tênis importado, não ia a clube da moda. Só porque era filho de porteiro... Um desaforo!

Marina foi até junto dele e perguntou:

– Quer dançar a quadrilha comigo?

Ele ficou meio sem graça, disse que não sabia dançar, era muito desajeitado. Mas dava para ver que ele estava morrendo de vontade de entrar na quadrilha com todo mundo. Era só insistir que ele aceitava. Marina insistiu e ele aceitou. Ela deu um abraço nele, festejando, e, por cima do ombro do Jajá, viu Cíntia debaixo de uma árvore, encostada no tronco, olhando para eles com uma cara meio estranha.

Quando chegou a hora do almoço, os pares já estavam formados. Marta estava na maior felicidade, ia dançar com o Bernardo, do colégio dela, um cara de quem ela estava super a fim havia muito tempo. Bia também foi escolhida pelo menino que ela escolheu (não dá para saber quem viu primeiro. Como, aliás, em muitos daqueles pares). Cíntia se distraíra e sobrou para dançar com o Antônio.

Por isso, veio conversar com a Marina mais tarde:

– Acho o maior mico dançar com irmão.

Cíntia vivia achando que tudo era o maior mico. Sempre se incomodava com o que os outros iam achar e dizer, não queria dar vexame – ou o seu célebre pagar mico. Continuou:

– Você que é minha amiga podia dar um jeito nisso...

– Eu, como?

– A gente podia trocar. Você dança com o Antônio e eu danço com o seu par. Quem é? Alguém muito especial ou você não se incomoda com a troca?

– Vai dizer que não sabe? É o Jajá... Se quiser, podemos trocar. Quer dizer, se ele topar. E eu aposto que ele gagueja que nem motor enguiçado mas topa. Mas vou logo avisando, hein Cíntia: você não me engana. Eu só concordo porque sei que você também sabe que o Jajá é alguém especial...

Não dava para Marina esconder uma certa ironia na voz. Ninguém tirava da cabeça dela a ideia de que Cíntia tinha feito aquilo de propósito. Óbvio que ela queria dançar com o Jajá desde o começo. Mas na certa não teve coragem de falar, ou demorou muito. E agora vinha com essa... Ou não? Será que não era *agora*? Será que Cíntia tinha planejado tudo? Será que tinha sido ela quem mandou o Antônio mostrar à Marina o Jajá, sozinho num canto?

Mas tudo bem. Tudo ótimo, até... Porque o Antônio, bem... como outro dia Marina ouvira o pai dizendo de uma oportunidade de negócio, "até que não era de se jogar fora..." Um cara boa-pinta, com cabelo bem preto e liso caindo na testa a toda hora, olhos grandes, nariz reto, e um sorriso... um sorriso perfeito, era o mínimo que se podia dizer! Na certa era por isso que ele era meio metido a besta, nunca dava muita confiança para o pessoal do prédio. Cíntia dizia que a toda hora tinha menina telefonando e chamando para sair, por isso ele não parava em casa.

E agora Marina ia dançar com ele... Nada mal!

Foi uma festa muito divertida. Diferente de todas as festas a que eles já tinham ido. Teve fogueira de verdade, coisa que alguns nunca tinham visto. Teve umas comidas deliciosas e diferentonas, além dos cachorros-quentes de sempre. Teve fogos fantásticos, parecia até *réveillon*, o tal do Tião Fogueteiro era mesmo bom no assunto. Teve um tal de "tirar a sorte" de Santo Antônio, umas brincadeiras engraçadas que os avós de Marta e Bia ensinaram. E, principalmente, teve uma porção de surpresas, por causa da quadrilha.

A surpresa da Marina foi com o Antônio, que desde antes da quadrilha estava todo cheio de gentilezas. Na beira da piscina, quando foi buscar refrigerante, trouxe para ela também. Ofereceu protetor solar para ela passar no rosto. E mais tarde, quando o Rafael fez mais uma de suas eternas piadas sobre o aparelho de dentes da irmã, dizendo que ele ia atrapalhar as pessoas na hora de verem os fogos, de tanto que brilhava, o Antônio cortou, com o maior ar de desprezo:

Tudo ao mesmo tempo agora | **77**

– Pô, Rafa, mas que criancice você ficar dizendo essas coisas... Não tem nada demais usar aparelho. Eu usei durante anos. Um dia a gente tira e os dentes estão numa boa.

"Deus, esse sorriso perfeito é resultado de aparelho!", pensou Marina. "Animador..." E prestou mais atenção no dono do sorriso, que concluía:

– Muito pior é quem fica falando mole e não conserta nunca.

Todo mundo entendeu que era uma indireta para o jeito in-su-por-tá-vel da Madalena falar, que o Rafael ficava ouvindo e babando como se estivesse se deliciando com um show musical.

E o Antônio ainda continuou:

– E mesmo enquanto não tira, o aparelho dá um jeito meio brincalhão que fica muito legal em certas meninas...

Não falou no nome de Marina, mas lançou para ela um olhar rápido, de um jeito tão inesperado, que ela sentiu o coração bater mais forte. Que era aquilo? Estava ficando maluca?

Na hora do almoço, Antônio veio sentar perto dela e começou a puxar conversa. Falou que era o dia do santo dele, e que em alguns países as pessoas ganham presente nesse dia, como se fosse aniversário... Mas que ele não precisava, já tinha ganho... Não disse o que era, e ela também não perguntou. Depois ele falou sobre a quadrilha, dizendo que nunca mais tinha dançado aquilo, desde o jardim de infância, tinha medo de errar, esperava que ela soubesse os passos e ajudasse... e acabou dizendo que foi por isso que ele dissera à Cíntia que só dançava se fosse com ela ou Marina, as meninas que ele conhecia melhor ali naquele sítio...

Marina ficou meio intrigada. Então o Antônio estava contando que escolheu a irmã de propósito? Mas praticamente não tinha sido ele mesmo quem fez a Marina chamar o Jajá para dançar? Ou será que foi tudo uma espécie de plano, bem pensado, só para depois a Cíntia vir trocar os pares? Nesse caso, teria sido ele quem sugeriu a troca à irmã? Nem precisava, aliás... Conhecendo bem a Cíntia, era só dizer a ela que o Jajá estava na quadrilha com sua maior amiga. Ela mesma ia querer trocar... Será?

O resto da tarde Marina ficou remoendo essas ideias na cabeça. Não deu jeito de descobrir diretamente numa conversa com a Cíntia, sempre tinha muita gente junto. Mas, de vez em quando, olhava meio disfarçada em direção ao Antônio. E algumas vezes, ou melhor, QUASE TODAS AS VEZES, ele estava olhando para ela também. Era até engraçado. Eles mesmos já achavam graça, sorriam um para o outro com aquela coincidência. E daí a pouco se olhavam de novo. Como se um controle remoto estivesse ligando os dois, invisível, de longe, pelo meio de toda aquela gente.

Na hora da dança, era como se fossem velhos amigos, como se num único dia eles tivessem compensado todos aqueles anos em que moravam no mesmo prédio, se cruzavam no elevador ou na portaria, se cumprimentavam distraídos na sala da Cíntia quando Marina ia estudar lá, mas nunca tinham parado para se olhar de verdade, se sorrir, conversar... Num instante, tudo parecia a coisa mais natural do mundo. Marina não se espantava mais com toda aquela atenção do Antônio para ela, nem achava que estava ficando maluca porque sentia a garganta seca ou seu coração disparava com uns olhares ou umas palavras dele. Só queria, torcia, rezava para ele estar sentindo alguma coisa parecida.

Devia estar. Porque a quadrilha foi o máximo. E, quando acabou, ele não soltou a mão da menina. Chamou para irem comer e beber alguma coisa. Passou o braço por cima do om-

Tudo ao mesmo tempo agora | **79**

bro dela, rindo, enquanto conversavam com os amigos. E quando ela inclinou a cabeça para o lado dele ouviu a voz do Antônio em seu ouvido:

– É tão legal esse teu jeito de sorrir...

Assim, ela nem tinha vergonha do aparelho nos dentes. Era fácil sorrir, olhar para ele, dançar. Tinha vontade de sair rodopiando, sapateando, dando saltos pelo meio das estrelas no céu, tantas, tantas...

Alguém a chamou no meio de um grupo. Ela fez um gesto, como se fosse até lá, mas Antônio a puxou pela mão.

– Não vai, não... Fica comigo...

Ela ficou.

Pouco depois Cíntia e Jajá se aproximaram, também juntos e de mãos dadas, sorrindo.

– Até que enfim! – exclamou Cíntia para o irmão. – Eu estava te procurando para você nos explicar essas estrelas todas. Você sabia, Marina, que meu irmão é maníaco por astronomia?

Claro, a luneta no terraço, lembrou ela.

– Aquelas ali, meio juntas, formam o Escorpião, que muita gente chama de Sete-Estrelo – mostrou Antônio. – Ali adiante, estão vendo?, bem brilhantes, ficam as Três Marias... E ali, bem fácil de ver, está o Cruzeiro do Sul. Vamos ver se vocês aprendem e não esquecem...

Não ia esquecer nunca, pensou Marina. Do dia todo, da festa, dos olhares, da quadrilha inesquecível – bendita dona Elza, bendito Tião Fogueteiro... Porque podia passar muito tempo, mas ela sempre ia lembrar daquele Santo Antônio com o Antônio, e dos dois pares ali, abraçados, de nariz para o céu. Para sempre no coração, o Cruzeiro do Sul em Cerro Azul.

7 Uma coisa de cada vez

Tudo foi novo para Cíntia naquelas férias de julho. E ela nem ao menos foi para uma colônia de férias ou viajou.

A principal novidade, claro, foi o Jajá na sua vida. Desde a festa da Marta, eles estavam muito mais próximos. Que estava gostando dele, não era mais segredo para ela mesma nem para ninguém. Mas tudo tinha ficado só nisso – uma amizade especial. Não era como Antônio e Marina, que tinham começado a namorar, assim direto, logo depois da quadrilha. Cíntia e Jajá, não. Claro que houve um clima diferente na festa, mas não passou disso. Não que ela não estivesse interessada em ir adiante. Mas ele? Como se sentia? Era só impressão da menina ou Jajá também estava gostando dela? Cíntia adoraria ter certeza.

Só que não conseguia. Ele nunca a procurava.

Mas no colégio sempre dava um jeito de estar perto dela, no meio dos outros colegas. E depois, quando as aulas acabaram e vieram as férias, toda vez que o elevador subia até a cobertura devia fazer algum barulho diferente perto do apartamento do porteiro, porque o Jajá abria a porta e se despencava escada abaixo. Daquele jeito dele, de dois em dois degraus. Tudo-ao--mesmo-tempo-agora. Ou então, se estava na oficina de conserto de pranchas, em poucos passos chegava à portaria. O certo era que, sempre que Cíntia saía de casa, descia e abria a porta do elevador no térreo, já encontrava com ele "por acaso" bem ali, meio ofegante da corrida, mas pronto para dar um sorriso e começar uma conversa. Gaguejando um bocado nos primeiros minutos, verdade. Mas ficando mais à vontade aos poucos.

Só que essas conversas eram iguais às de antes do aniversário da Marta, sem nenhum assunto especial. Ele nem ao menos comentou sobre a festa! Todas as vezes que Cíntia tocou nesse assunto, Jajá gaguejou e desconversou. Como se estivesse arrependido. Ou envergonhado. Ou qualquer coisa assim. Ou como se não tivesse gostado de ficar com ela e quisesse apagar isso da lembrança. Mas então por que não sumia, não se escondia dela, não evitava encontrá-la?

Nada disso. Toda vez que ela saía de casa e abria a porta do elevador no térreo, dava de cara com o Jajá. Mas ficava só nesses encontros.

No fim dos primeiros cinco dias de férias, Cíntia não aguentou mais. Resolveu tomar providências. Não estava disposta a continuar igual àquele passarinho-cuco do relógio de Cerro Azul, saindo de casa de hora em hora, só para cruzar com o Jajá na portaria. Nem tinha mais pretexto para inventar – comprar pão, tomar um sorvete, ver se já tinha chegado o número novo de uma revista no jornaleiro, procurar alguma coisa no carro do pai na garagem, apanhar correspondência para a mãe, ir até o *shopping*, procurar os óculos escuros "que ela devia ter deixado cair em algum lugar..."

E assim, na sexta-feira, lá pelas onze da manhã, quando a luzinha do painel que marcava os andares por onde passava o elevador foi completando seu passeio, saindo do 3, passando pelo 2, pelo 1, pelo P (de *Playground* ou de Porteiro?) e chegando ao T de Térreo... aconteceu algo diferente.

Abriu-se a porta – como sempre. O Jajá estava bem em frente – como sempre, agora. A Cíntia saiu lá de dentro – como noventa por cento das vezes em que o elevador andara na última semana. Mas dessa vez ela perguntou à queima-roupa:

– Jajá, quer ir ao cinema hoje comigo?

O que ele gaguejou, não dá nem para imitar. A gente ia ter que ficar enchendo páginas de alguma coisa assim:

– Qqqqqque-que-que... qqqqqué-qué... nnnnão, quer dizer, qqqquero, mmmmas... nnnnão... pppp...

A Cíntia levou um tempão para entender que era algo parecido com "Querer, quero, mas não posso". Mas não estava com pressa. Pelo contrário, dessa vez estava resolvida a ter muita calma e entender a situação. Tinha tempo. Nem inventou que estava saindo para ir ao jornaleiro. Só perguntou por que ele não podia – e aos poucos, no meio de tanta gagueira e nervosismo dele, foi entendendo.

O caso é que o Jajá não estava de férias como os outros. Só estava era sem aulas no colégio. Mas ia trabalhar por três semanas no supermercado, cobrindo uma licença de alguém. E enquanto isso não começava (o que seria na segunda-feira seguinte) tratava de apressar todos os consertos de prancha que tinha para fazer.

– Para esvaziar a oficina de trabalho acumulado. E garantir alguma grana... – explicou ele, já sem gaguejos.

— Mas você vai passar as férias todas trabalhando? Não vai descansar? – estranhou Cíntia.

— Eu já descanso o ano inteiro, Cíntia, no colégio. Em vez de trabalhar para ajudar meus pais. Agora é hora de dar uma mão a eles.

E concluiu, com aquele jeito bem dele:

— É justo...

Ela insistiu:

— E nos fins de semana?

— Aí, sim, tudo bem. Trabalho aos sábados, mas vou ter os domingos livres – respondeu ele. – E mais este fim de semana inteirinho...

Ela não estava disposta a deixar passar:

— Então a gente pode ir ao cinema no sábado ou no domingo... Mais uma vez, ele disse:

— Não posso.

Todo sorridente, explicou por quê:

— Este fim de semana é o campeonato.

— Campeonato?

— É... De surfe. Na Praia Brava. Com sorte, eu tenho chance.

E, finalmente, uma Cíntia incrédula ouviu o convite:

— Não quer vir comigo, para ver? Mas tem que acordar muito cedo...

E foi assim que ela se viu madrugando num sábado de inverno, ainda escuro, prestes a começar as férias mais diferentes de sua vida. Umas férias feitas de uma sucessão de dias em que não acontecia nada, porque o Jajá estava trabalhando, mas a cada domingo os dois passavam o dia juntos. Se é que se pode considerar juntos – ela na areia conversando com as outras meninas e dando um mergulho de vez em quando, ele o tempo quase todo na água, montado numa prancha à espera de onda, ou de pé, deslizando sobre o mar a uma velocidade de tirar o fôlego.

Mas valeu a pena. Pelo menos, os dois acharam. Namorar mesmo, não namoraram. Mas ficaram cada vez mais amigos, numa ligação muito especial. Conversaram muito, Jajá foi perdendo a gagueira e a timidez com ela, Cíntia foi entendendo melhor a vida dele e conhecendo o mundo do surfe, com horários e gostos diferentes e até uma linguagem quase secreta.

Logo naquela primeira madrugada, quando estavam amarrando as pranchas no rack do carro do irmão do Codaque, a caminho da Praia Brava, o Jajá apresentou Cíntia aos outros:

— Esta é a Cíntia, amiga minha e do Rafael, aqui do prédio. Ela mora na cobertura...

— Na cobertura? — repetiu o Quico, irmão do Codaque. — Lá no alto? Com vista para o mar?

— É... — confirmou ela, sem entender o espanto.

— Oba! Então a gente pode ligar para você cedinho, para saber se *tassuel* ou *taflete*.

— O quê? — repetiu Cíntia, sem entender nada.

Em meio à gargalhada geral, Rafael explicou. Surfista é cheio de gírias e palavras em inglês. Sempre bem cedo, antes de saírem para surfar, eles gostavam de saber onde estavam as melhores ondas. E quem visse o mar podia avaliar seu aspecto e dizer se estava *swell* (cheio) ou *flat* (lisinho, sem ondas).

— Ah, bom... — disse ela. — Agora só falta eu aprender a conhecer quando é *swell* e quando é *flat*...

Foi rápido. Na segunda-feira seguinte já sabia. Aprendera também muitos outros termos, fizera novos amigos. E ficara sabendo como o Jajá era *fera*, ganhando mais um troféu para sua famosa prateleira.

Mas ela, na areia, tinha ficado meio nervosa e preocupada. Cada onda imensa! Parecia tão perigoso... A toda hora, ficava com medo de que o Jajá se machucasse, de que aquela crista de espuma se apressasse um pouquinho mais e quebrasse em cima dele, enrolando tudo e arrastando para o fundo. Mas não, parecia que ele fazia parte do mar, sempre estava no ponto perfeito para pegar impulso e descer na onda, deslizando sobre a imensidão verde. Em seguida, deitava em cima da prancha e voltava lá para longe, com braçadas vigorosas. E se misturava a uma porção de outros vultos, distantes, surfistas à espera, parecendo sentados na água. Até a próxima onda, a próxima descida vertiginosa até a praia.

Cíntia nunca dedicara tanto tempo a ficar contemplando o mar, observando as nuvens, estudando as ondas e as mudanças de vento. Nunca antes percebera a ligação entre o relógio e as marés, o calendário e as fases da lua. Ou a influência disso tudo nas variações do mar. Na verdade, nunca tinha reparado que o mar pudesse ser tão variado. Ou que, mesmo parecendo imprevisível, desse tantos sinais das mudanças que vinham a caminho. Com Jajá e os outros surfistas, foi aprendendo a conhecer tudo isso. A ler uma linguagem diferente, escrita na água e no céu.

Mas achava que as principais mudanças desse mês tinham sido dentro dela mesma. Coisas que foi aprendendo com o próprio mar, que ela achava que conhecia tão bem, por ter nascido e se criado junto a ele. Mas que agora vivia de outra forma. Praia não era mais apenas um lugar de se bronzear e encontrar um monte de gente. Era muito mais. E ela mesma não sabia explicar, quando tentou.

– Desculpe eu ter demorado. Você deve ter ficado meio chateada, aí esperando, sem nada para fazer... Domingo passado, pelo menos, tinha o campeonato, e era emocionante... – dissera o Jajá.

Tudo ao mesmo tempo agora | 87

– Não tem nada para se desculpar. Não estou chateada e até curti muito, ficar aqui olhando o mar e pensando na vida... – respondeu ela.

– De verdade?

– De verdade, garanto. A gente olha assim esse horizonte todo e até percebe como a Terra é redonda... E como tudo é grande, tanto espaço, só a gente é que é pequena...

– Ah, isso é mesmo... – concordou ele. – Lá fora, no meio do mar, com as coisas da terra pequenas lá longe, essa certeza ainda é mais forte. A água fica bem verde, não dá nem para imaginar o fundo dela. Não dá para ficar indiferente. O cara sente que é uma coisinha à toa, que aquela água toda está cheia de vida, mesmo não dando para ver quase nada, só um peixe ou outro de vez em quando.

– Você não tem medo? De tubarão, por exemplo? De vez em quando tem uns casos de surfista que é atacado.

– Claro que tenho medo – admitiu ele. – Acho que todo surfista tem o maior grilo com isso. Sei lá, eu nunca teria coragem de ir surfar nesses lugares onde costuma aparecer tubarão. Mas aqui nunca houve.

Fez uma pausa e contou:

– Já vi uma arraia enorme saltando para fora da água. E uns golfinhos. Mas o que a gente sempre encontra, logo cedo, é tartaruga. Quem chega primeiro sempre vê. Elas aparecem quando chegam as primeiras pranchas. Botam a cabeça pra fora d'água, pertinho da gente, algumas vezes, sempre em bando. Respiram forte, fazem um barulhinho... póf... jogam pra cima uma baforada de gotinhas, feito uma chuva... Depois vão embora. Como se estivessem só vendo quem é e cumprimentando. Tem umas imensas, mas não fazem mal nenhum.

Cíntia achou lindo. Depois comentou:

– Pois é mais ou menos isso o que eu fico aqui pensando. Não nas tartarugas, claro. Eu nem sabia delas. Mas fico imaginando quanta coisa tem no mar e que a gente nem sonha... Gaivota, por exemplo. De repente surge um bando, voando e mergulhando na água. Onde é que elas estavam antes? De onde vieram? Não tem nenhuma ilha por aqui... Será que elas ficam na praia mesmo? Ou descansam pousadas na água?

– É... o mar é cheio de mistérios...

– E muda muito também – continuou ela. – Tem vezes que parece que estão muitos mares juntos ao mesmo tempo. É só ter umas nuvens no céu fazendo sombras diferentes. Aí ele fica cinzento numa parte, azul-escuro em outra, verde-clarinho onde bate o sol...

Jajá brincou:

– Deixa só o Quico ouvir isso. Vai querer te ensinar uns macetes e te contratar para ficar fazendo previsão do estado do mar de madrugada...

– Acho que nessas imensidões assim tem muita coisa que a gente nem desconfia... e que não dá para a gente prever... – disse ela, sonhadora.

Fez uma pausa, olhou bem séria para ele e acrescentou:

– É que nem a gente, Jajá... Dava para prever que nós íamos ficar assim tão amigos?

Ele ficou calado. Não queria dizer que sempre tinha sonhado em se aproximar dela, mas nem ousava imaginar que podia acontecer mesmo. Mas também não queria que ela desconfiasse de que ele estava começando a ter problemas em casa por causa dessa proximidade. Ainda na véspera, a mãe lhe perguntara:

— Meu filho, você não acha que a mãe dessa menina aí da cobertura pode não gostar de ver ela andando com você de um lado para o outro?

— A gente é colega de colégio, mãe, ela é da minha sala, não tem nada demais. E ela não está andando comigo, é uma turma, eu acho é que ela agora se aproximou muito porque deve andar meio interessada no Rafael, do 202... – disfarçou ele.

— Sei não... Não é o que parece. E se os pais dela resolverem implicar, pode dar problema. Gente rica é toda cheia de coisa, de repente cria um caso, e sobra para nós...

Ouvindo isso, o pai, que ainda não tinha reparado em nada, mudou o tom da conversa:

— Veja lá, hein? Não vá me fazer perder o emprego...

O menino sabia que os pais tinham razão. E que o emprego era muito mais que apenas um salário certo e seguro – era casa para morar, e perto do colégio onde ele conseguira uma bolsa. Se acontecesse alguma coisa, ficavam sem dinheiro, sem teto, sem escola. Sabia que precisava ter cuidado. Se a família da Cíntia começasse a implicar, a coisa toda podia acabar muito mal. Mas Jajá tinha esperanças de que assim, no meio da turma, com o Rafael ao lado, eles não chamassem a atenção. E só saíam mesmo aos domingos, os outros dias eram de muito trabalho.

— Falei com você, não ouviu? – Cíntia interrompeu seus pensamentos. — Então repito: você imaginava que um dia nós íamos ficar assim tão ligados? Ou foi inesperado como os mistérios do mar?

Jajá fez de conta que não entendia:

– Não, eu acho que a gente sempre foi ligado, né? Morando no mesmo prédio, estudando na mesma sala... Não tem nada misterioso nisso...

Cíntia insistiu:

– Ah, é? Então por que é que não é a Marina que está aqui com você agora?

– Sei lá... Vai ver, é porque ela não quer sair na mesma turma que o Rafael. Aqueles dois são engraçados, um está sempre implicando com o outro...

– Então quer dizer que podia mesmo ser qualquer garota, não tem mistério nenhum, nada a ver com o mar...

Não era imaginação do Jajá. O tom de voz da Cíntia estava diferente. E isso ele não queria. Situação difícil, ele ficava perdido, sem saber o que fazer. Não queria arrumar problema para o emprego do pai. Não queria ficar criando coisas na própria cabeça, imaginando uma situação impossível ou se iludindo com sentimentos dela que podiam não ser verdade. Mas, principalmente, não queria machucar a Cíntia, deixá-la com aquele tom de voz triste de repente, um olhar molhado, como se estivesse com um cisco na vista... Antes de pensar, já tinha dito, num de seus impulsos:

– Não! Só podia ser você!

– Por quê? – provocou ela.

– Por tudo. Porque você é desse jeito. E porque tem tudo a ver com o mar. Quando o cara menos espera, pode aparecer uma correnteza que puxa, carrega com força, e por mais que ele tente nadar para longe, não consegue...

– E aí? O que é que acontece?

– Ou o cara se afoga, ou desiste de lutar e deixa a correnteza levar, até ela perder a força e ele poder sair fora... Às vezes lá longe da praia...

Com o coração batendo forte, Cíntia voltou à carga:

— E você já se afogou?

— Ainda não. Mas também não desisti de nadar... Quem sabe se eu consigo?

Cíntia ia perguntar por que ele queria tanto lutar contra a correnteza. Mas bem nessa hora chegou Rafael, reclamando:

— Pô, cara, pensei que você já tinha guardado tudo! Veio na frente para adiantar e não fez nada...

— Desculpe, a gente ficou conversando... — explicou Cíntia.

Jajá não explicou nada. Não disse uma palavra. Já tinha falado demais, muito mais do que queria. Foi recolhendo as coisas, amarrando as pranchas no *rack*, e ficou em silêncio durante toda a volta para casa. Era coisa demais! Colégio, oficina, supermercado, campeonato de surfe... Trabalho, estudo, a vida para resolver, e agora mais essa... Tudo junto! Queria era poder pensar em uma coisa de cada vez. E ainda diziam que ele era o garoto do tudo-ao-mesmo-tempo-agora...

8 Fome e sede de justiça

– Está levando um agasalho?

– Não precisa, mãe. Está calor – respondeu Marina, já na porta para sair.

– De noitinha esfria...

Será que toda mãe era assim? A dela tinha mania, não era possível. Toda vez era essa conversa, *não esqueça o casaco*... E mesmo quando estava resolvida a esquecer, como agora, não adiantava. Lá vinha ela, recomendando:

– Tome. Ponha na mochila. Mais tarde você pode querer. Agosto é sempre meio frio, minha filha...

Adiantava dizer que não sentia frio? O melhor era não discutir, amarrar o moletom na cintura e ir em frente. Antônio já devia estar lá embaixo, esperando. Iam juntos até o ponto do ônibus, depois ele seguia para o cursinho e ela ia à aula de Inglês.

Na portaria, passou por duas vizinhas tão entretidas na conversa, que mal responderam a seu boa-tarde. Marina só ouviu uns pedaços da conversa, da mãe da Bia com a mulher do síndico:

– ... uma vergonha! Boa coisa não pode ser! Para vir um oficial de Justiça procurar por eles em casa...

– Artista é assim mesmo, vive se metendo em escândalo!

A caminho do ônibus, Antônio contou o que ouvira enquanto esperava por ela. Tinha estado no prédio pouco antes um oficial de Justiça, trazendo uma intimação judicial para a Mirella, do 201. Ninguém sabia por quê.

– Mas também ninguém tem nada a ver com isso... – comentou Marina.

– Não tem mesmo – concordou Antônio, mudando de assunto. – É hoje que você vai ao dentista?

– Não, é na outra terça. Não aguento mais de ansiedade. Levei tanto tempo com este aparelho que nem acredito que vou tirar...

– Você vai estranhar muito, no começo. Parece que tudo fica mais leve, mais sensível dentro da boca – disse ele, com a experiência de quem já passara por aquilo.

– Mas o chato é que vou ter que usar aparelho móvel por mais uns meses, a dentista já avisou.

– É chato, mas passa logo. E já dá para ver como a boca ficou, anima um pouco... Você vai ficar linda, vai ver só...

Quando o Antônio falava daquele jeito, dava até para acreditar. Podia nem ser verdade, mas era bom ouvir. Aliás, era bom conversar com ele, sempre. Ficavam tão distraídos que nem viam o tempo passar.

De repente, lá vinha o ônibus. Uma despedida rápida, e cada um foi para seu lado.

Tudo ao mesmo tempo agora | **95**

De noite, em casa, Marina soube do que tinha aconteci-do com a vizinha. A mãe contava ao pai o que tinha ouvi-do da Zilda, empregada. E a menina ficou sabendo que o tal oficial de Justiça viera trazer à Mirella uma intimação para uma audiência na Justiça do Trabalho. A atriz estava sendo processada por não pagar férias nem décimo terceiro salário à empregada. E parece que ainda havia uns meses de salários atrasados.

– Mas ela está mesmo errada... – disse o pai. – Tem que pagar. É um direito do trabalhador.

– Puxa, quem diria? – comentou Marina. – Nunca pensei... A Nilce sempre fala tão bem da Mirella que eu sempre achei que ela devia ser bem tratada.

– Mas é – esclareceu a mãe. – O caso não é com a Nilce, é com a outra. Uma tal de Adriana.

– Mas a Mirella não tem nenhuma empregada chamada Adriana... – estranhou Marina. – Só se for uma diarista que veio quando a Nilce foi ter neném...

– Sei lá, foi o que a Zilda me contou...

O assunto podia ter morrido aí. Mais um dos intermináveis papos de cozinha entre a Nilce e a Zilda, que Marina não tinha a menor paciência para acompanhar.

Mas daí a alguns dias, quando voltavam do colégio, a Cíntia comentou:

– Puxa, que sujeira da Zilda, hein? Nunca pensei...

Quando viu que Marina olhava para ela com cara de quem não estava entendendo nada, tratou de explicar. O tal processo era mesmo movido pela ex-diarista. A Adriana tinha ido à Justiça, dizendo que tinha trabalhado anos para a Mirella e ficara sem receber uma porção de coisas.

– A Zilda sabe que é mentira, que a Adriana só veio umas vezes, fez umas faxinas e não voltou, porque não deu muito certo... A Zilda é vizinha da Adriana, foi quem arrumou essas faxinas para ela fazer. Mas não quer ser testemunha no processo. E meu pai disse que sem testemunha fica difícil a Mirella comprovar que é inocente. Parece que a Adriana tem provas documentais... Pode complicar muito...

O pai da Cíntia era advogado. Por isso ela estava acostumada a ouvir falar em testemunha, processo, prova documental, essas coisas...

– Você bem que podia dar um toque na Zilda... – pediu a Cíntia. – Coitada da Mirella! Periga pagar por uma coisa que não fez.

– Tudo bem, eu falo com ela – concordou Marina.

Não custava nada tentar. Até mesmo porque não acreditava que a Zilda se recusasse a ajudar. Era boa gente, direita, amiga... não podia ser verdade aquilo que a Cíntia estava dizendo.

De tarde, Marina sentou com Zilda junto à mesa da cozinha, enquanto tomavam um café. Puxou o assunto. E levou um susto com a reação da outra:

– Nem vem com esse papo, Marina. Me deixe de fora dessa história... Essa mulher não presta!

– Como você pode dizer uma coisa dessas, Zilda? A gente conhece a Mirella há um tempão, ela nunca...

– Não é ela que não presta, é a Adriana!

E desatou a chorar, acrescentando:

– E pensar que fui eu quem trouxe ela para cá... Criei uma cobra que saiu dando bote e mordendo as pessoas... Mas eu não podia adivinhar. Só conhecia a Adriana lá de onde a gente mora... Ela parecia uma pessoa legal, veio com uma conversa de que estava precisando muito de trabalho, qualquer coisa servia... Veio aqui tratar até antes do dia que eu falei... E o tempo todo já estava preparando o golpe, armando tudo... Foi tudo culpa minha!

Era difícil interromper a Zilda quando começava a falar. Mas Marina tentou:

— Espere aí, não fique assim... Você não sabia... Mas agora pode dar um jeito. É só ir com a Mirella lá na frente do juiz e contar a verdade.

Aí mesmo é que a Zilda chorava mais:

— Ah, Marina, isso eu não posso, de jeito nenhum! A Adriana anda com uns caras da pesada, uma gente perigosa... E já me disse que, se eu ficar contra ela, vou ver só o que me acontece... Eu não posso. Eu tenho minha casa lá perto dela. Meus filhos. Minha mãe. Passo o dia aqui trabalhando e eles ficam lá sozinhos. Sabe lá o que pode acontecer com eles se eu abrir a boca? E comigo? Não quero nem pensar... Eu volto pra casa de noite, saio cedinho, passo por aquelas ruas escuras... a coisa mais fácil do mundo é depois aparecer morta num matagal com a boca cheia de formiga...

Soluçou um bocado e concluiu:

— Se for preciso, só pra defender minha família, eu até sou capaz de jurar que ela trabalhou aqui uns três anos! É jura falsa, mas eu sei que Deus me perdoa!

Marina ia dizer o quê? Morria de pena da Mirella, mas entendia o lado da Zilda. Não podia insistir mais.

E, para falar a verdade, já estava atrasada e com a cabeça em outra coisa. Era, finalmente, o grande dia. Ia tirar o aparelho dos dentes!

Foi à dentista, segurando a ansiedade enquanto a moça trabalhava. Depois recebeu o espelho na mão, para se olhar. Estava mesmo bem diferente. Mas nem deu tempo para ver tudo o que queria. Por ela, ficava uma hora examinando todos os detalhes, dando sorrisos e se olhando de todos os ângulos, mas a dentista foi logo abaixando a cadeira, enquanto fazia mil recomendações que Marina mal registrava. Ainda bem que a mãe estava com ela, prestando atenção em tudo, para repetir mais tarde.

Depois que chegaram em casa, a menina foi para o quarto, abriu a porta do armário onde havia um espelho grande e ficou se olhando. Era verdade, estava muito melhor. Parecia que não tinha mudado só os dentes, mas a cara toda.

Só que agora não tinha mais a desculpa do aparelho para se sentir meio esquisita... mas ainda se sentia. Queria ter uma cara linda, como a daquelas meninas que saíam nas revistas. Reconhecia que os olhos até que eram bonitos, grandes, castanhos bem clarinhos. Mas achava que tinha o nariz feio, um pouco achatado. Agora ainda estava pior, com uma espinha querendo nascer bem na base dele, num cantinho. Desconfiava que as sobrancelhas eram grossas demais. E o cabelo, bem... Era um desastre! Nunca ficava liso e escorrido como as fotos nas revistas ou as apresentadoras do noticiário na televisão. Mas também não era encaracolado, todo cacheado e esvoaçante como o de muitas atrizes e modelos. Nada disso. Já experimentara cortar mais curto ou deixar crescer mais, mas não adiantava. Em qualquer comprimento, ficava sempre naquele meio-termo, nem liso nem cacheado, com umas ondas que se formavam de vez em quando, completamente fora de moda... Quer dizer, podia ter tirado o aparelho e melhorado a boca, mas nem por isso se achava bonita de verdade, como queria ser e se imaginava por dentro. Quando o espelho lá fora não mostrava a realidade, dava vontade de chorar.

— Marina, a Cíntia está aí! – a mãe anunciou, gritando no corredor e interrompendo suas reflexões.

A amiga já vinha entrando pelo quarto:

Tudo ao mesmo tempo agora | 99

– Puxa, deixa eu ver, dá um sorriso... Ficou ótimo! Marina, meu irmão que se cuide... Está uma gracinha! Você vai arrasar os corações...

– Não acho – respondeu, meio emburrada.

Mas Cíntia já mudava de assunto. Falava do Jajá, claro. E do processo da Mirella, porque agora os dois assuntos viviam misturados. É que, evidentemente, o Justiceiro do Eça (e do prédio) agora vivia todo metido nessa história da intimação, tentando descobrir um jeito de ajudar a Mirella. Já tinha ido duas vezes até a casa da Cíntia conversar com o pai dela, que era quem estava defendendo a atriz no processo. Depois dessas conversas, Jajá tentara convencer os pais dele a depor como testemunhas, atestando que a Adriana não trabalhava nem nunca tinha trabalhado fixo para a Mirella, só estivera algumas vezes no prédio, como diarista. Mas não deu certo, não conseguiu.

– O Jajá está chateadíssimo com os pais, Marina. Eles não vão depor, de jeito nenhum.

– E por quê?

– Não dá para entender direito. Parece que o pai dele diz que a Adriana é como eles, todos são trabalhadores, e eles não têm nada que defender patrão.

– Que ideia mais esquisita...

– Pois é... E não adiantou nada o Jajá argumentar que a Mirella também é uma trabalhadora. O seu Nílson é muito teimoso, acha que ser atriz não é trabalho de verdade.

– Só porque ela aparece na televisão?

– E nos jornais. Toda hora tem entrevista, fotografia, gente pedindo autógrafo... Para ele, a Mirella é uma estrela, uma coisa do outro mundo. Rica, famosa e patroa. Ele está do outro lado.

– Mas não tem nada que a gente possa fazer?

— Sei lá... Eu até sugeri ao Jajá e ao meu pai que a gente podia dar um toque no síndico.

— Como assim?

— Bom, já que o negócio é entre patrão e empregado, o seu Nílson é contratado do condomínio, não é? Então, se o patrão, quer dizer, o seu Euclides, que é síndico, ameaçasse de botar ele na rua se ficar com essas besteiras, aposto que ele ia depor...

Marina levou um susto.

— Cíntia, como é que você pode pensar numa coisa dessas? Ameaçar o pai do Jajá de perder o emprego injustamente...

— Besteira. Ninguém ia perder o emprego. Era mentira, só uma forma de pressão. Mas pode ficar tranquila. Meu pai ficou ainda mais horrorizado que você, disse que isso não é ético, que era a maior tristeza ver uma filha querer fazer chantagem, montes de coisas... Me deu a maior bronca.

— E o Jajá?

— Disse que estava tendo uma decepção comigo, nunca esperava, que eu assim fico igual à Adriana... recorrendo a qualquer meio para conseguir as coisas... Tive que ouvir a maior lição de moral. E, o que é pior, está me dando o maior gelo. Depois dessa a gente não está mais do mesmo jeito que antes. Ele mal fala comigo...

— Conversa com ele, Cíntia, explica que não é nada disso...

A outra ficou furiosa:

— Mas aí é que vocês se enganam. Você, meu pai e o Jajá. É exatamente isso, Marina! Eu acho que o único jeito de ganhar da Adriana é ser igual a ela. É preciso dar uma surra naquela filha da mãe, como ela ameaçou fazer com a Zilda. Ou então aprontar alguma no processo, para mostrar que ninguém tem medo dela... Do jeito que fica todo mundo querendo bancar o santinho, a Mirella no fim vai perder.

– E é muita grana que ela vai ter que pagar?

Cíntia ficou alguns instantes em silêncio e depois olhou bem nos olhos de Marina, dizendo:

– Não adianta. Ninguém está me entendendo. Nem meu pai, nem Jajá, nem você. A questão não é quanto a Mirella vai ter que pagar. Isso nem tinha que entrar na discussão. A questão é que não está certo ela ter que pagar, mesmo que seja uma moedinha só, por uma coisa que não fez! Só isso!

Virou as costas e saiu, gritando, como tantas vezes Marina já ouvira Jajá fazer:

– Não é justo! Não é justo!

Mas também não era justo ameaçar seu Nílson para que ele fizesse uma coisa que não queria. Disso Marina tinha certeza. Essas coisas de justiça eram muito difíceis. Tinham muitos lados. Marina lembrou que uma vez, na igreja, ouvira um sermão em que o padre dizia: "Bem-aventurados os que têm fome e sede de justiça, porque eles serão saciados". E tinha ficado pensando: todo mundo quer justiça. Será que só por isso todo mundo é bem-aventurado?

Mas talvez todo mundo não quisesse justiça com bastante força. Com essa tal de fome e sede. Só algumas pessoas devem ser assim. Especiais, meio raras. Jajá era uma delas. Com toda certeza.

Mas será que algum dia essa fome e essa sede iam mesmo ser saciadas? Será que dava para imaginar um tempo em que a justiça ia mesmo ser feita e a alma podia ficar com uma sensação boa, igual ao corpo quando está de barriga cheia, acabou de tomar água fresca, e deita numa cama bem descansadinho? Será que existe esse tipo de bem-estar? Alguém já sentiu a alma toda gostosinha, metida num agasalho aconchegante, daqueles que a mãe sempre queria que ela usasse no corpo?

9 Falatório de aniversário

Finalmente, as páginas da agenda, viradas dia a dia, chegavam ao aniversário. Desde o primeiro dia de setembro, Marina já sabia que agora faltava pouco para que aparecessem aquelas letras todas coloridas e enfeitadas, preparadas lá no começo do ano. Queria comemorar de algum jeito diferente, mas sem muita complicação. A mãe sugeriu que ela reunisse um grupo de amigos e fossem a uma pizzaria. Podia ser uma boa ideia.

E foi. Muito divertido, até. Uma mesa enorme, todo mundo rindo e conversando. No começo, os amigos tentaram evitar o assunto da Adriana e da Mirella, porque sabiam que o Jajá e a Cíntia já tinham discutido muito por causa daquilo.

Falaram da praia, de uns filmes, de uns e outros... Depois, de repente, a Marta perguntou:

– E aquela história do *short* no colégio de vocês, ainda está rendendo?

– Não, parece que está resolvido – disse a Cíntia. – A gente vai poder usar bermuda.

No Eça de Queirós não havia uniforme completo, só uma camiseta com o logotipo do colégio. Mas era permitido usar qualquer tipo de calça comprida ou saia (se bem que ninguém lembrasse de jamais ter visto uma única aluna de saia). Quanto ao uso de *short*, bem... Como se disse na hora em que a discussão começou, "o regulamento era omisso". Por isso mesmo, havia anos que se usava *short* sem nunca ter surgido nenhum problema. Mas de repente surgiu. A direção resolveu proibir, os alunos reagiram, acabou saindo uma greve. Ficaram dois dias sem entrar em sala, só reunidos no pátio ou na porta do colégio, em protesto, cheios de faixas e cartazes. Houve muito grito, discussões, ameaças de expulsão... A maior confusão. Durante alguns dias, só se falou nisso, saiu até no jornal. Por isso, todos os amigos deles acabaram sabendo. Até quem não estudava no Eça.

– Mas também que piração... – disse o Codaque. – Está todo mundo acostumado a vestir uma roupa, de repente dá uma coisa na cabeça de uma diretora maluca e da noite para o dia ela resolve proibir...

– Não foi bem isso – esclareceu Marina. – Ninguém nunca tinha usado uma roupa daquelas. A gente usava uns *shorts* mais compridinhos...

– E quem media? Tem emprego de fiscal de *short* para mim no Eça?

Foi uma risada geral. Mas o Rafael disse:

— Nem precisava medir, Codaque... Apareceram uns que era só olhar e ver um pedaço da bundinha... A olho nu... E bota nu nisso... Demais, cara!

— Pois é, mas era tão demais que ficou demais — disse a Cíntia. — Aí acabou sendo proibido para todo mundo, de qualquer comprimento...

— Foi então que o Justiceiro entrou em cena? — perguntou Bia, já encarnando no Jajá...

Meio envergonhado, ele se defendeu:

— Dessa vez eu nem me meti. Não foi preciso. Todo mundo reagiu sozinho. As meninas mesmas é que começaram.

— As meninas só, não... — corrigiu Marina. — Vocês também foram atingidos. A proibição foi pra todo mundo. Calça comprida obrigatória.

— Agora até que dá, não está tão quente. Mas no verão, cara, é fogo... — disse o Cláudio.

— Mas então como é que resolveram afinal? A direção cedeu com medo da greve?

— Cedeu, nada! — disse Rafael. — E alguém já viu direção de colégio ceder pra greve de aluno? A gente teve que fazer a maior negociação...

Cíntia deu mais detalhes:

— Fizemos uma comissão que foi lá argumentar. A dona Odete acabou concordando em voltar a deixar usar *short*, mas disse que nós tínhamos que merecer a confiança do colégio.

— Como assim?

— Ela se recusou a fixar um limite para o comprimento do *short*. Ficou por nossa conta. Entregue ao nosso bom senso, como ela ficava repetindo. Disse que era ridículo esse negócio de fixar centímetros... E que nem adianta, porque os alunos (principalmente as alunas) são de tamanhos diferentes e os centímetros que sobram numa podem faltar na outra...

– Ah, isso é verdade... – riu o Codaque. – Tá cheio de gente com sobras e faltas por aí... Tem cada sobra fantástica...

– E então? – insistiu Marta.

– Ela disse que nós sabíamos perfeitamente o que pode ou não pode. "O que é compatível com um uniforme escolar", como ela disse. E que podia permitir o uso de *shorts* e bermudas que fossem "compatíveis".

– Então ela cedeu!

– Não... só por um lado. Porque a gente teve que admitir que, quando não estiver "compatível", ela tem o direito de suspender...

– O *short*? Pensei que era abaixar... – brincou Codaque.

– Não. Suspender a aluna, seu palhaço. E, "em caso de reincidência", pode acabar em expulsão.

– Cartão vermelho!

– Isso mesmo – disse Marina. – Mas pra quem não vai para o colégio se exibindo não prejudica nada. E era a gente que corria o risco de pagar o pato, tendo que usar calça comprida no auge do verão. Ficou uma coisa justa.

Aí um assunto puxou outro. Justiça, negociação, pagar o pato... Era inevitável. A própria Marina, quando viu, já tinha perguntado:

– E aquela história do processo da Mirella, hein, gente? Como é que está?

Bom, essa história era menos conhecida. Só o pessoal do prédio sabia. Para os de fora, Cíntia fez um resumo. Contou do processo, da dificuldade de conseguir testemunhas. Todo mundo ficou interessado, porque a Mirella Morel era famosa, o Augusto César também e aquilo ia até acabar saindo nas revistas de fofoca que ficam falando da vida de quem trabalha na televisão.

— Vocês têm certeza de que ela é inocente? – perguntou o Cláudio.

— Claro... A gente conhece todo mundo que mora ou trabalha lá no prédio. Se a Adriana trabalhasse lá há mais de um ano como está escrito na intimação, todo mundo sabia. Pode até ser que a Mirella tenha ficado devendo alguma coisa, isso eu não sei. Mas, se for, é pouco, não é caso para essa indenização absurda que estão pedindo... – respondeu Cíntia.

— Isso é inveja – disse a Bia. – Só porque a Mirella é famosa.

— Minha mãe disse que existem umas verdadeiras quadrilhas para dar esse tipo de golpe – acrescentou Marta.

— Então por que a Mirella não vai lá no tribunal e jura que está dizendo a verdade?

— Mas ela jura. Só que a Adriana também jura que trabalhou. Fica uma palavra contra a outra.

— E por que vocês não vão lá e dão uma força?

— Porque menor não pode testemunhar... – explicou Cíntia. Fez-se um silêncio e Bia comentou:

— Uma coisa que eu não entendo nessa história é por que é que a Mirella tem que provar que é inocente. Sempre ouvi dizer que quem acusa é que tem que provar a culpa do outro.

— Eu também não sei – concordou Cíntia. – Meu pai me explicou que nesses casos é comum a Justiça ter mais tolerância com o empregado, porque ele geralmente é a parte mais fraca e desprotegida... O patrão é mais poderoso. Então existem escritórios de advocacia que se especializaram em processar patrões.

Mesmo sem razão. E mesmo com uma acusação muito frouxa, é comum que se conte com a boa vontade de quem vai julgar.

– Esses advogados devem ganhar uma nota preta. Se alguém processar empregado não deve ganhar nada... – comentou o Codaque. – Deve ser uma perda de tempo. Empregado vive duro, não tem mesmo dinheiro para pagar.

Aquela conversa incomodava o Jajá. Dava para ver. Ele trocava de posição na cadeira, mexia com os talheres, olhava para os lados... Claro, pensou Marina. Por um lado, ele é todo preocupado com a justiça. Por outro, é filho do porteiro do prédio, empregado do condomínio – representado naquela mesa pelos filhos dos moradores. Era também uma situação de classe. Devia ter vontade de defender os dois lados.

A chegada do garçom com outra rodada de pizza desviou as atenções. Todos se serviram, alguns pediram mais refrigerante. Depois, quando começaram a comer, de repente, o Jajá não aguentou mais ficar calado. Enquanto cortava seu pedaço de calabresa, comentou:

– Também não é bem assim... Eu acho que a gente pode admitir que a Mirella e a Adriana chegam diante do juiz em igualdade de condições. A palavra de uma contra a da outra, como já disseram aqui. Aí as duas vão falar, ou os advogados delas, e o juiz vai decidir quem é que está dizendo a verdade, na opinião dele. Mas com a experiência dele.

– Então por que é que meu pai diz que a Mirella tem poucas chances se não tiver testemunhas? A Adriana tem alguma testemunha?

– Isso só vai se saber na hora. Mas, pelo que ela andou dizendo, tem provas documentais... – disse o Jajá. – E é isso o que preocupa.

Tudo ao mesmo tempo agora | **109**

– Explica melhor... – pediu Rafael.

– Ela diz que tem documentos provando que trabalhou um tempão para a Mirella.

– Como é que pode ter documento provando se não trabalhou? Então é documento falso! A Mirella tem que provar isso...

– Claro que é falso! Mas a gente não sabe que documento é. Só vai saber na hora da audiência... – explicou o Jajá, que, pelo jeito, já estava tão por dentro que se considerava parte da equipe de defesa. – E então a Adriana conta com o efeito surpresa porque, como a gente não sabe o que ela pode apresentar, não tem como estar preparado para responder àquele documento específico...

– Sem querer interromper... mas já interrompendo... – disse o Antônio – lembro aos amigos para ninguém se encher demais de pizza, porque as sobremesas aqui são fantásticas...

– Então vou encerrar com este pedaço, porque se tem coisa que o Antônio deve entender é de comida... – disse o Cláudio, cruzando os talheres. – Nunca vou esquecer do famoso superlanche da casa dele, no dia em que a gente foi lá estudar com a Cíntia para aquele trabalho de grupo de História, lembra, Marina?

– Claro que lembro... – sorriu ela. – Mas o Antônio não estava.

E assim, sem mais nem menos, de repente, pensando naquela tarde às voltas com o reinado de D. João VI, veio bem nítida à memória de Marina a lembrança de um envelope com um autógrafo da Mirella para a Adriana...

– Peraí, gente! Acabo de lembrar de uma coisa!

– Do superlanche? Mas foi mesmo inesquecível... – brincou o Cláudio.

— Não! — exclamou ela. — Jajá, naquele dia em que nós estudamos lá, você não deixou um envelope para a Adriana? Sabe o que tinha dentro?

— Claro! Fui eu quem botou no envelope... Dona Mirella só tinha deixado com meu pai um papel solto com um autógrafo. Aliás, dois — dela e do seu Augusto. E como era eu quem ia entregar, e a gente ia para a casa da Cíntia, eu fiquei com medo de sujar ou amassar o papel e botei num envelope. Marina, você matou a charada! Foi daí que surgiu a tal prova documental!

Ficaram todos assanhadíssimos:

— Um papel em branco e assinado? Claro que foi isso...

— Era só preencher com o que quisesses...

— O que será que a Adriana escreveu acima da assinatura?

Começaram todos a especular, enquanto o garçom retirava os pratos e trazia os cardápios de novo.

– Quem sabe... um tiramisu...

– Ficou maluco, Antônio? Agora vem falar japonês? O que isso tem a ver com a Mirella?

– Não tem nada. E não é japonês, é italiano. É o nome de um doce que eles têm aqui. A maior delícia... – explicou ele, atentamente estudando as opções de sobremesa.

– Acho que vou querer um sorvete. De pistache. E você?

– Morango com creme...

Finalmente, o garçom conseguiu acabar de anotar todos os pedidos.

– Que ar pensativo é esse, Jajá? – perguntou Cíntia...

– Acho que seu pai vai gostar de saber que a Marina lembrou desse papel. Eu tinha esquecido. Mas agora lembro bem. Eu até tirei do envelope, desdobrei e mostrei à Maria...

– Que Maria?

– A sua empregada, Cíntia... Eu ia deixar o envelope com ela, para não interromper a gente estudando. Ela ficou meio preocupada com a responsabilidade de tomar conta de um documento, eu mostrei a ela que não era nada demais. Só um papel, sem nada escrito, a não ser uns autógrafos. Mas mesmo assim ela preferiu me chamar lá em cima para entregar pessoalmente o envelope quando a Adriana chegou.

– E daí? Que diferença faz? – quis saber Marta.

– E daí que ela viu o papel, sabe como era – explicou Jajá.

– E não é vizinha da Adriana, não precisa ficar com medo das ameaças, pode ser uma testemunha... Ou então...

– Ou então o quê?

– Sei lá, vou falar com seu pai, Cíntia. Mas acho que ele pode pedir uma perícia no papel, pode dar para provar que qualquer coisa foi escrita depois de já ter as assinaturas. Eram uns autógrafos grandes, meio atravessados na folha. Não é bem o tipo de assinatura que as pessoas dão em documento, certinho, em cima de uma linha.

– E se não der para provar nada? – perguntou Bia.

– Não sei... Mas a gente pode ganhar tempo. A Adriana pode ficar com medo, pode achar que vai ser desmascarada e entregar o jogo. Sei lá... Só sei que o tempo todo o pai da Cíntia

Tudo ao mesmo tempo agora | **113**

disse que não era possível que ninguém se lembrasse de alguma coisa em favor da Mirella, para reverter a situação. E agora a Marina lembrou, nós todos lembramos. A coisa começa a mudar. Podemos ter uma testemunha. E mesmo que não haja provas, há indícios...

– Puxa, falou o advogado... – brincou o Codaque.

– É... O Justiceiro está ficando mais sofisticado... – concordou Rafael. – De tanto conviver com o doutor Menezes, acaba no tribunal...

– Quem é o doutor Menezes?

– O pai da Cíntia e do Antônio, cara... O advogado da Mirella... O mestre do Justiceiro...

E já iam começar o velho coro de *Ju-ju! Ju-ju! Ju-ju!*, quando o garçom apareceu com uma surpresa encomendada pela mãe da Marina, um bolo de chocolate cheio de velas, logo classificado pela Cíntia de "o maior mico", mas com o efeito imediato de desencadear palmas, assovios e cantorias de parabéns, encerrando qualquer conversa naquele aniversário que já estava com falatório demais.

10 Um presente da memória

Marina não foi a única a se lembrar de alguma coisa que ajudasse.

Algumas semanas depois, outra lembrança ocorreu à própria Mirella. Num momento em que estava se sentindo muito injustiçada, traída por alguém a quem só tratara bem, comentou com o marido:

— E pensar que eu até consegui um lugar para o filho dela na creche!...

Epa! Como é que a memória da gente funciona desse jeito? Às vezes esquece completamente de uma coisa, e depois, de repente, por um fiapinho de lembrança, desperta uma porção de coisas encadeadas. Pois foi isso o que aconteceu. Um presente da memória. Num instante, Mirella lembrou de uma porção de coisas. Lembrou de como a Adriana lhe pedira uma carta para atestar na creche que ela trabalhava fora e não tinha com quem deixar o filho pequeno. E de como a empregada insistira em que devia ser uma declaração de que ela já estava naquele emprego havia um ano. Claro! Esse devia ser o tal documento que a incriminava! Um atestado falso, que ela mesma redigira no computador e assinara – como se fosse uma idiota, na maior boa-fé, sem nem pensar no que estava fazendo... Mentindo, reconhecia. Mas para ajudar alguém, uma mãe que precisava trabalhar.

A memória da Mirella trouxe muitas outras coisas à sua cabeça. Uma lembrança do avô, de quando ela era pequena, dizendo que nunca se assina nada sem ler, sem ter certeza de que se está de acordo com aquilo... Falando que o bom nome é o maior tesouro que uma pessoa pode ter, um atestado de honra... Coisas tão antigas, perdidas no tempo, lembranças de quando ela não vivia distribuindo autógrafos a torto e a direito, mas era só uma menininha de cabelos cacheados, que sentava no colo da avó para ouvir histórias ou brincava de cavalinho, encarapitada nos joelhos do avô... Devia ter aprendido, seguido o conselho, prestado atenção no que estava assinando... Mas agora vivia uma vida muito diferente, era adulta e famosa, não ficava a toda hora lembrando do avô, estava sempre correndo de um lado para outro, com horários apertados... e acabava fazendo uma bobagem dessas...

Mirella estava cansada, exausta de tanto trabalho, com dor de cabeça de tanto aborrecimento. Com vontade de chorar, como quando era criança e toda vez que tropeçava e machucava o joelho era consolada nos braços da mãe, que dava beijinho e dizia: "Vai passar..." Exatamente como ela mesma tinha feito havia pouco tempo, onde? Com quem? Lembrava de

uma criança sendo consolada em seu colo, recentemente...
Quando? Que criança?

E, de repente, lembrou!

Foi no começo do ano, quando nasceu o neném da Nilce. Depois que foi visitar a empregada e o bebê no hospital, lá no subúrbio onde ela morava, ao voltar para casa, passou em frente a uma creche simpática. E teve a ideia de já fazer uma reserva de vaga para o recém-nascido, para facilitar a vida da Nilce. Parou o carro, saltou, entrou. Foi logo reconhecida por uma das atendentes, que chamou todo mundo:

– Gente, olhem quem está aqui! A Rosy da novela...

– Mirella Morel? Nem acredito!

Era ela... Já estava acostumada a ser chamada pelo nome da personagem. Mas o fato é que isso desencadeou uma corrida, todo mundo querendo chegar perto, dar beijo, pedir autógrafo. Na confusão, uma menininha levou um tombo e Mirella a pegou no colo, consolando. Mesmo depois, quando a diretora chegou e elas puderam conversar, continuou abraçando a pequenina, que de vez em quando ainda dava algum soluço de fim de choro. E foi ali que Mirella descobriu que não precisava atestar tanto tempo anterior de trabalho da Nilce:

– Não, senhora! A gente só quer uma prova de que a mãe trabalha. Basta a carteira profissional dela. Ou um contracheque.

– Mas ainda outro dia eu tive até que dar um atestado falso a uma diarista... Tive que dizer que ela já estava no emprego há mais de um ano, ela disse que toda creche exige...

– Ela enganou a senhora – disse, muito firme, a diretora. – Ninguém pede isso. Na certa, estava querendo o documento para outra coisa. Talvez para abrir algum crediário, não sei... Talvez fosse isso, e a senhora não tenha entendido bem.

– Não, era para uma creche, como esta. Do governo.

A diretora olhou bem séria para ela, talvez até com um ar de quem desconfiasse de um golpe, mas Mirella nem reparou. Só ouviu a outra insistir:

– É algum engano. Não pode ser. Que creche era, a senhora lembra? Se quiser, eu posso falar com a diretora e confirmar...

Não, não precisava. Era só uma bobagem. Mirella não deu nenhuma importância ao fato. Mas agora, de repente, lembrava. A diretora tinha sido tão prestativa, tão simpática... Quem sabe se ela não estava disposta a contar essa história agora diante de um juiz? E havia outras testemunhas, todas as atendentes da creche que estavam em volta e assistiram. Não iam ter medo da Adriana, não a conheciam. Era só pegar com a Nilce o número de telefone de lá, fazer um contato, falar com o doutor Menezes... Mais ainda, podia ver no computador a cópia da declaração, o nome da creche a que estava dirigida, conferir por lá se realmente tinham pedido o documento. Ia ser possível caracterizar a má-fé da Adriana. Com essa lembrança, as coisas melhoravam...

No fim das contas, nem foi preciso que a diretora e outra moça da creche falassem, embora elas estivessem loucas para ajudar e tivessem se disposto a ir ao tribunal, com a maior boa vontade.

No dia da audiência, quando Adriana chegou com o advogado dela e viu que Mirella estava acompanhada de várias testemunhas, ficou com medo. Cochichou no ouvido dele e saiu. Na hora em que o juiz chamou para entrarem na sala, ainda não tinha voltado. Na ausência dela, a audiência foi cancelada. O processo foi arquivado. E pronto. Muito mais rápido e simples do que se esperava. Para falar a verdade, deu até uma certa frustração na torcida – porque estava a turma toda do prédio aguardando o desenlace, como se fosse um daqueles filmes de julgamento em tribunal. Queriam discussões, advogados sensacionalmente esfregando provas na cara da Adriana, testemunhas-bombas desmentindo depoimentos, coisas assim... Aquele era um final meio chocho, depois de tanta expectativa. Apesar do alívio, que era real.

O doutor Menezes achou graça na reação do pessoal. Disse que na realidade as coisas são muito diferentes desse sensacionalismo do cinema. E esse tipo de resultado é muito mais comum do que imagina quem está de fora. Além disso, lembrou que sempre seria possível, a qualquer momento, o advogado dela entrar com outro processo. Explicou que às vezes se usa essa tática, para vencer pelo cansaço e acabar conseguindo um acordo de qualquer jeito: a pessoa paga só para não se chatear mais. Uma forma de chantagem como outra qualquer. Podia ocorrer a mesma coisa. Mas até hoje isso não aconteceu.

Só que essa história toda teve algumas consequências.

A primeira foi que a Mirella ficou muito agradecida aos meninos e meninas do prédio – principalmente Jajá e Marina – por terem se mobilizado para ajudá-la. Fez uma reunião na casa dela para eles e até convidou alguns colegas de trabalho. O maior sucesso, claro. A turma toda de bate-papo com o pessoal da televisão... O assunto rendeu por vários dias.

Outra consequência foi que, alguns dias depois, o doutor Menezes uma noite disse aos filhos na mesa do jantar:

– Esse colega de vocês, o Jaílson, filho do seu Nílson... Vocês sabem o que ele pretende fazer na vida?

– Sei lá... – brincou o Antônio. –, pela quantidade de troféus que ele está colecionando, acho que ele quer ser campeão mundial de surfe... Mas quem deve saber é a Cíntia...

– A Cíntia? Por quê?

– Porque eu é que convivo mais com ele – respondeu a menina. – A gente é da mesma turma no colégio, às vezes estudamos juntos...

– E ele é bom aluno?

– Ótimo! – respondeu ela, entusiasmada.

E desatou a fazer elogios ao Jajá, a contar como ele fazia redações excelentes, como tinha sido o responsável pela boa nota do grupo no júri simulado de História...

– Júri simulado, é? – repetiu o pai dela. – Interessante...

– É... – riu o Antônio. – Parece que ele tem mania de justiça. Tem até um apelido engraçado na escola, o Justiceiro. Ou Juju... O Rafael disse que ele gagueja quando fica nervoso, e fica repetindo que não é ju-ju-ju-justo...

– É porque ele é tímido... – defendeu Cíntia.

– É tímido, mas é muito esperto – disse o doutor Menezes. – Em todo esse episódio do processo da Mirella eu pude ver que ele é um garoto inteligente, observador... Tive muito boa impressão dele.

Cíntia engoliu em seco. O pai continuou:

– Queria conversar um pouco mais com ele. Você podia pedir que ele desse um pulo aqui em casa um dia desses para a gente bater um papo? Esta semana, não, que eu estou sem tempo. E também não tenho pressa. Mas no começo do mês que vem, peça a ele para vir falar comigo.

– Esta semana nós também estamos enrolados. Temos que entregar ao Veloso o trabalho de Português sobre o livro. Quer dizer, o Jajá já deve ter acabado de ler uns dois livros mais do que precisa. E, se duvidar, é capaz de já ter escrito tudo. Ele adora ler, sempre está na frente dos outros nesse trabalho e ainda fica sugerindo o que a gente deve ler.

O pai se serviu de mais bife, enquanto perguntava:

– E o que é que você está lendo?
– Este mês, *Vidas secas*.
– E está gostando?
Ela hesitou um pouco:
– Gostando, estou. Fico muito comovida com a vida daquelas pessoas. Mas prefiro livro que tem história de amor, como *Mar Morto*, que eu li no mês passado. Mas depois acho que vou ler o que a Marina está lendo agora, porque ela está adorando – um tal de Capitão Rodrigues...
– *Um certo Capitão Rodrigo* é uma parte de um livro belíssimo, *O tempo e o vento* – corrigiu o pai, sorrindo. – Boas leituras... E é isso também o que o Jaílson está lendo? Você sabe o que ele costuma ler?
– Ih, até eu, que mal encontro com ele, sei o que o Jajá anda lendo este mês... – comentou Antônio. – Ele só fala nisso. Um tal de *Macunaíma* que, pelo jeito, é um livro doidão...
– Mas ele está adorando... – disse Cíntia.
– Impossível não adorar *Macunaíma*... – disse o doutor Menezes pensativo. – Acho até que era um livro que eu preferia não ter lido...
E diante do olhar intrigado dos filhos, completou:
– ... só para ter a grande alegria de ler pela primeira vez, e descobrir o Macunaíma, poder dar boas gargalhadas com todas as surpresas, em cada página do livro. Sabem de uma coisa? Deixem o Jaílson acabar de ler o *Macunaíma*... Depois, quando eu for conversar com ele, a gente aproveita e troca também umas ideias sobre o livro...

11 *Uma surpresa e um monte de beijos*

Parecia que tudo acontecia ao mesmo tempo. Uma porção de coisas para resolver e fazer. Bem que Jajá tentou fazer uma lista. Resumida:

Entregar um monte de trabalhos da escola.

Estudar para as provas finais.

Preparar documentos para procurar emprego.

Aliás, procurar emprego propriamente dito.

Passar na casa da Cíntia para ver o que o pai dela quer.

Acabar de consertar a prancha do Codaque.

Comprar mais resina para consertar outras duas pranchas da fila de espera.

Dar um jeito de conseguir pelo menos uma calça nova para poder ir à cerimônia de formatura.

Coisas demais! Só se não dormisse. Ou se o dia tivesse mais de 24 horas...

Tentou botar um pouco de ordem naquela confusão mental. Tudo ao mesmo tempo não era possível. Em primeiro lugar, a escola. Sem se formar, tudo o que fosse de emprego ficava prejudicado. Portanto, documentos e emprego podiam ficar para uma etapa seguinte. Para comprar a calça nova precisava de dinheiro – portanto, tinha que fazer primeiro todos os consertos. E para comprar mais resina para as outras duas pranchas precisava antes receber a grana do Codaque – então era urgente acabar esse conserto. Passar na casa da Cíntia era coisa rápida, podia ser logo mais à noite, porque agora o doutor Menezes estava no trabalho...

Então, a primeira providência era resolver os problemas de Matemática. Em seguida, fazer a redação sobre o livro (ainda bem que já tinha lido todo). Essas duas coisas eram para o dia seguinte. Depois, começava a estudar para a prova de Ciências, que era a primeira, logo na segunda-feira. No fim da tarde, ia até a oficina e terminava a prancha do Codaque, enquanto ficava de ouvido atento ao elevador, vigiando a chegada dos moradores, para poder subir logo que o doutor Menezes chegasse.

Na verdade, estava era achando difícil se concentrar em qualquer coisa. Porque o tempo todo a sua cabeça estava tomada por uma ideia única, o resto era bobagem: sabia que essa era sua última semana de aulas mesmo. Não a última do ano, como para todos os colegas. Mas na certa a última da vida.

O pai já tinha conversado muito a sério com ele, e Jajá entendia. Não podia mais ficar naquela vida mansa de estudante. Precisava trabalhar para dar uma ajuda. Principalmente, para dar um alívio à mãe, que estava muito sacrificada e poderia ficar em casa se ele colaborasse com o sustento da família. Com o primei-

Tudo ao mesmo tempo agora **125**

ro grau completo, já podia tentar uma boa colocação em algum lugar. Sabia disso havia muito tempo. E estava louco para ser mais útil em casa, com um ganho mais regular do que o dos consertos de prancha. Os pais estavam orgulhosos porque ele ia se formar, tinha estudado muito mais do que eles, ia seguir mais adiante na vida. Estava na hora de deixar para trás as brincadeiras de garoto e passar a encarar a vida como homem. Dava até uma alegria ver que estava preparado para isso.

Mas, por outro lado, tinha que reconhecer que também dava muita tristeza ver que não ia poder continuar a estudar. Mais que tristeza, uma certa raiva. Todos os colegas iam em frente. E ele ia ficar pelo caminho. Não queria ficar bancando o revoltado, mas não conseguia deixar de pensar que não era justo. Logo ele, que precisava tanto de mais estudo do que os outros. Porque, afinal de contas, já começava a vida em desvantagem... Não tinha pai rico, não vivia numa casa cheia de livros para ler o que quisesse, não viajava a toda hora e voltava sabendo mil coisas novas, nunca ia herdar nada, não tinha família influente e cheia de amigos importantes para mais tarde conseguir ótimos empregos... Todo o seu futuro ia depender do que ele mesmo conseguisse, com seus estudos, sua garra, suas qualidades. E sem segundo grau ia ficar difícil. Por tudo isso, queria pelo menos garantir que se formava com ótimas notas. Podia fazer diferença na hora de procurar trabalho.

Só que a cabeça ficava quente com todas essas ideias rodando. Fervia, mesmo. Difícil se concentrar no estudo.

Mas devia estar um pouco concentrado. Porque de repente reparou que a campainha da porta estava tocando com insistência e ele nem tinha notado. Foi abrir. Era a Nilce.

– Oi, tudo bem?

– Tudo certo. Dona Mirella mandou um recado para você.

– Para mim? – repetiu ele.

– É... ela está querendo falar contigo. Perguntou se você pode dar uma passadinha lá ainda hoje.

Mais essa! Agora mesmo é que não ia conseguir começar a estudar para a prova de Ciências...

– Pode ser mais tarde?

– Pode... Ela não vai sair. Mas tem que ser hoje... Amanhã ela e o seu Augusto viajam para uma filmagem no Ceará.

Que jeito? Tinha que ir. Voltou ao caderno de Matemática, tentando ser rápido. Passou depois para a redação de Português – tinha que caprichar, o Veloso era sempre exigente. Terminando, desceu para a oficina, trabalhou um pouco na prancha do Codaque, conseguiu acabar o que faltava. Bem a tempo, porque ouviu o barulho do elevador subindo até a cobertura. Tinha que ir falar com o doutor Menezes, já era para ter ido desde a véspera, tinha combinado mas se enrolou todo e não foi... Agora ia. No caminho passava na dona Mirella. E na volta ligava para o Codaque para avisar que o conserto estava pronto.

Tocou a campainha dos fundos do 201, foi a própria Mirella quem veio abrir.

– Entre, Jajá, fique à vontade...

Ficar à vontade, como? Aquela mulher toda bonita e elegante, com aquela cara linda que vivia nas novelas e revistas... Ficou parado no meio da cozinha, mas ela seguiu adiante, chamando, e ele teve que ir atrás. Passaram para a sala. Ele não sabia o que fazer. Sentou na poltrona que ela indicou, era macia demais, afundava, as pernas dele parece que ficavam mais compridas, sobrando.

– Quer tomar alguma coisa? Uma água? Um suco? Um cafezinho?

Tudo ao mesmo tempo agora | **127**

– Não, senhora, obrigado... Não precisa ter trabalho...

Como é que ele ia tomar cafezinho? Segurar uma xícara? Estava todo sem jeito, como se de repente tivesse umas quatro mãos. Todas esquerdas.

– Não mesmo? Não dá trabalho nenhum. A Nilce deixou pronto antes de sair. Vou pegar a garrafa térmica, você fica conversando com o Augusto.

O marido dela já vinha entrando, sempre simpático, com ar de quem estava continuando uma conversa interrompida pouco antes:

– E aí? Gostou da proposta?

– Que proposta? – repetiu Jajá, sem entender.

De lá de dentro da cozinha veio a voz da Mirella:

– Ainda não contei nada a ele. Vai falando você...

E o Augusto foi falando:

– Pra começar, era bom a gente saber o que você achou da proposta do Menezes...

– Não estou sabendo de proposta nenhuma.

– Você não esteve com ele ontem?

Sem jeito, Jajá se mexeu na poltrona, trocou de posição e explicou:

– Não, quer dizer, era para eu ter ido lá na casa dele, estava combinado, mas eu estava com muita coisa para estudar, perdi a hora... Então eu falei com a Cíntia, pra saber se a gente podia deixar para outro dia... Quer dizer, ficou para hoje... Eu vou lá agorinha mesmo, quando sair daqui.

Mirella vinha entrando na sala, com uma bandeja, três canequinhas e uma garrafa térmica.

– Ele não está sabendo de nada, Mirella – explicou Augusto. – Só vai passar lá no Menezes agora.

– Então não adianta a gente conversar antes, porque uma coisa depende da outra... E quem tem que falar primeiro é o Menezes, ele fazia questão, a gente não pode se precipitar.

– Pois é...

Ela passou uma canequinha com café para o marido, outra para o Jajá, explicando:

– A gente não toma com açúcar, mas você pode se servir à vontade...

E se derramasse café no estofado quando ele começasse a se mexer naquela poltrona molenga e fofa, para chegar perto do açucareiro? Melhor tomar sem açúcar também... Mas era danado de amargoso... Ficou dando uns golinhos pequenos, para disfarçar. Era até engraçado, os três em silêncio na sala, naquela noite de verão que ia começando.

De repente, a Mirella perguntou:

– Você disse que está indo até a casa do Menezes agora?

– Neste instante – confirmou ele. – Agorinha mesmo.

— Então vamos juntos — decidiu ela. — E a gente propõe tudo de uma vez. Fala logo tudo ao mesmo tempo, agora mesmo.

Tudo-ao-mesmo-tempo-agora? Jajá achou que estavam gozando com a cara dele. Mas não parecia. Os dois atores estavam sérios, já se pondo de pé e caminhando em direção à porta de entrada.

Jajá foi com eles, aliviado por poder deixar para trás aquela canequinha de café sem açúcar. Num minuto estavam os três lá em cima, recebidos entre sorrisos pela Cíntia, o pai, a mãe e o irmão. Todo mundo junto. E antes que ele conseguisse entender o que estava acontecendo já tinha ouvido a tal proposta. Ou melhor, as propostas, porque Augusto e Mirella também tinham outra.

Em resumo, era o seguinte.

No decorrer do processo da Adriana contra a Mirella, o pai da Cíntia tinha ficado encantado com a dedicação do Jajá. Como ele mesmo disse:

— Você tem um extraordinário sentido de justiça, Jaílson, e isso é uma coisa rara. Em todo esse episódio, você demonstrou possuir algumas qualidades muito apreciáveis — é solidário, é generoso, tem iniciativa... Enfim, fiquei muito bem impressionado com sua atuação, rapaz... Ela foi mesmo decisiva para a boa solução do caso... Você tem futuro...

Pelo jeito, ficou tão impressionado que comentou com a família. E então, como dá para se imaginar, ouviu da Cíntia os mais rasgados elogios ao Jajá. Mais ainda: comentou também com a Mirella, dizendo a ela que estava convencido de que deviam a vitória, em grande parte, ao Jajá. E, em conjunto, resolveram dar um presente a ele.

Sem graça, o garoto protestou, gaguejando um pouco:

– Obrigado, mas não precisa... Eu não fiz nada de-de-mais. E só fiz porque eu que-que-queria ajudar, porque eu achei que não era ju-ju-justo...

Antônio não resistiu. Prendendo o riso, exclamou:

– Isso, Juju!

Ninguém prestou atenção. A não ser a Cíntia, que quase fuzilou o irmão com os olhos. Mas o pai dela continuou explicando que queriam dar um presente a ele, o Natal estava se aproximando e então resolveu perguntar a Cíntia se sabia de alguma coisa especial que o Jaílson quisesse muito. Uma prancha nova? Uma bicicleta? Antônio chegara a sugerir um aparelho de vídeo. Mas a menina insistira que não era nada disso, que eles não conheciam bem o colega. E fizera uma revelação surpreendente.

– Eu disse a eles que a coisa que você mais quer no mundo agora é não ter que parar de estudar... Estou certa?

Claro que estava. Mas isso era impossível. E Jajá sentiu uma coisa esquisita vindo se misturar a todos aqueles sentimentos que já estavam na maior confusão dentro dele. Sentiu uma ternura imensa pela Cíntia, vendo que ela conhecia tão bem o que ia pelo seu coração e sua cabeça. Mas sentiu também uma vergonha súbita de que aquilo estivesse sendo dito em público, na frente de todo mundo. E ainda sentiu um calor subindo pelo rosto, como se estivesse ficando muito vermelho. Nem tinha coragem de encarar todas aquelas pessoas ali, naquela sala enorme, olhando para ele e discutindo seus problemas mais íntimos.

Ficou de olhos baixos e em silêncio, mas respondeu com um gesto de cabeça, confirmando.

O pai da Cíntia continuava falando. Contou como soube que o Jajá precisava trabalhar. E como teve a ideia de chamá-lo para trabalhar no escritório de advocacia dele – estavam precisando de

Tudo ao mesmo tempo agora | **131**

um auxiliar de serviços gerais, e o horário podia ser flexível, dava para sair cedo e poder estudar à noite. Já havia um outro auxiliar trabalhando lá, um deles podia entrar mais tarde e ficar até mais tarde – os dois dividiriam o horário. Contou também que Cíntia e a mãe tinham ido falar com dona Odete, a diretora do Eça de Queirós, e ela explicou que, embora o Eça não tivesse curso noturno, ela poderia encaminhar o Jaílson a outra escola, atestando que ele era um excelente aluno e merecia uma bolsa de estudos para fazer o segundo grau à noite. Estava garantido. Logo depois da formatura, ele só tinha que passar lá e fazer a matrícula.

Jajá foi ouvindo aquilo tudo sem nem conseguir acreditar direito. Seria possível? Assim, em cinco minutos, numa conversinha no próprio prédio dele, resolvia todos os seus problemas?

Mas agora já era o Augusto quem tinha começado a falar.

– Gostou? – perguntou ele.

– Ccclaro... – respondeu Jajá. – Muito obrigado. Nem sei como agradecer... Eeeu..

– É, mas quem não gostou fomos nós... – disse o Augusto.

Aí mesmo é que o Jajá não sabia o que dizer.

– Explique direito, Augusto, assim o rapaz não entende... – interrompeu Mirella. – É que o Menezes foi tão eficiente e resolveu tudo tão rápido, que a gente ficou de fora. Não fizemos nada para você. E, na verdade, nós é que tínhamos que lhe agradecer e fazer alguma coisa... Se não fosse por você, nem sei o que teria acontecido comigo...

– Não, mas que bobagem... – começou Jajá e se interrompeu, pensando: "Puxa, eu não dou uma dentro! Acabei de chamar dona Mirella de boba..."

– Bobagem, nada! – atalhou Augusto. – Já esqueceu como todo mundo ficava tirando o corpo fora sem querer ajudar? Não lembra como nós ficamos na situação absurda de não ter culpa mas não ter como provar? E que você, que não tinha nada com isso, foi quem saiu atrás de uma solução?

– Por isso... – continuou Mirella, sorrindo – quando eu soube pelo Menezes que ele e a Cíntia tinham essa proposta para você, resolvi entrar também no pacote de surpresas. E como as aulas no colégio só vão recomeçar no fim de fevereiro, nós, o Augusto e eu, vamos lhe dar um curso de férias, para você aprender a digitar e lidar com um computador.

– Puxa, obrigado!

Jajá ia gaguejar, ia dizer que não precisava, ia disfarçar a emoção e comentar que já sabia digitar um pouco, que tinham tido umas aulas no colégio, que ele sempre mexia no computador do Rafael... Mas sabia que aprender mais podia ser fundamental. E não aguentou. Era sentimento demais, lá dentro do peito. Parecia que ia estourar. Foi dando um nó na garganta dele, e os olhinhos sorridentes da Cíntia brilhavam bem perto, como estrelas, piscando, chamando, chamando...

Quando viu, já tinha feito! Tinha dado um abraço apertado nela, de comemoração. Incontrolável. Igual a jogador de futebol quando faz gol. E um BEIJO! De verdade! Na frente de pai, mãe, irmão, toda a família! O jeito foi disfarçar rapidamente, virar para o lado e dar um beijo e um abraço também no Antônio. Nem sabia de onde tirou a presença de espírito para isso. E num instante aquela reunião virou uma profusão de abraços, e ele estava sendo beijado por Mirella Morel em pessoa! Lindona como na televisão... Só que ao vivo, morninha e perfumada... Era demais!

Desmaiou.

Não é exagero nem modo de dizer, não. Apagou de emoção. Mesmo. Caidaço no chão, como o Antônio contaria mais tarde.

Tudo ao mesmo tempo agora | **133**

Voltou a si em poucos segundos, deitado no sofá da sala do doutor Menezes, todo mundo em volta, todos falando ao mesmo tempo. Trouxeram água para ele beber, sal para botar na boca, mandaram sentar e abaixar a cabeça...

— Vai passar...

— Já passou, pronto!

— Foi o calor...

— Com um banho frio e um café forte ele fica bom...

Morria de vergonha. Morria de alegria.

Ainda com o coração se debatendo no peito como um peixe na rede, foi levado até em casa pelo Antônio e por Augusto César em pessoa! Mas eram seus amigos, preocupados com ele. Dona Jandira abriu a porta, levou um susto ao ver o filho apoiado nos outros meio carregado. Mas Augusto já explicava tudo, Antônio contava as novidades, alguém abriu a ducha fria no banheiro, num instante ele estava embaixo do chuveiro, renascendo, até cantarolando, sentindo que a alma estava leve, voava como aquelas gaivotas que ele via planando no céu enquanto esperava onda, sentado em cima da prancha. Solta, livre, mas prontinha para mergulhar exata em cima do alvo quando precisasse.

Não ia deixar passar uma oportunidade dessas de jeito nenhum. Estava feito na vida. Agora só dependia dele.

E ele, Jaílson da Silva Magalhães, se garantia. O mundo que se preparasse, porque o Jajá ia descer nessa onda que crescia e se aproximava, veloz. Num movimento exato, de gestos precisos, ele ia se equilibrar, de pé, e ir até a praia, abrindo seu próprio caminho na imensidão daquele mar. Para ganhar seu maior troféu.

12 Um ano com três Natais

Dava para ter certeza de que todo mundo tinha tido a mesma ideia. Ou a mesma falta de ideia. A quantidade de gente que se acotovelava dentro da loja de discos provava que, com toda certeza, um CD ia ser o presente mais popular naquele Natal. Jajá estava quase desistindo. Difícil escolher, não conhecia bem o gosto da Marina. Se na hora do sorteio do amigo oculto tivesse tirado um papelzinho com o nome da Cíntia ou do Rafael, sabia exatamente que tipo de música cada um dos dois gostava – algo dançante para ela, um rock bem barulhento para ele. Mas a Marina era mais difícil... Primeiro tinha pensado em dar uma água-de-colônia, ou uma caixa de sabonetes cheirosos. Mas era muito pessoal, e sempre corria o risco de que ela não gostasse justamente daquele perfume. Acabou resolvendo pelo CD – até mesmo por ser mais fácil de trocar.

De repente, no meio daquela gente toda, ele viu a Bia, despenteada, esbaforida, toda carregada de sacolas. Que sorte! Podia dar uma sondada com ela e tentar saber o gosto musical da amiga.

Quando Jajá tentou chegar perto, ela sumiu. De repente? Onde podia ter se metido? O que ele nem desconfiava era que a menina estava ali justamente escolhendo o presente dele, já com um CD na mão, a caminho do balcão, para ser embrulhado. E quando o avistou no meio da multidão se abaixou atrás de um grupo para não ser vista, fingindo que estava procurando alguma coisa numa prateleira baixa, mas na verdade se escondendo dele, para não estragar a surpresa do presente.

Irritado, Jajá saiu da loja. Resolveu dar mesmo uma lavanda a Marina. A perfumaria estava mais vazia e ele ia lá de qualquer jeito, porque havia uma promoção simpática de uma tal bolsinha de maquiagem toda equipada, que a mãe vira num anúncio no jornal. Do jeito que ela tinha suspirado e falado, era óbvio que gostaria de ter uma. Aí ficava só faltando um presente para seu Nílson. Jajá pensara numa caixa de ferramentas que tinha visto de relance numa loja, tinha que ir lá para ver o preço. Mas tinha que ser nessa mesma tarde, porque não queria ter que voltar mais ao *shopping* antes do Natal.

Antes da perfumaria, passou em frente à vitrine de uma butique e viu umas agendas. Lembrou que todo ano a Marina usava uma dessa marca. O preço estava dentro do orçamento dele. Pronto, resolvia! Pelo menos sabia que era uma coisa que ela adorava.

Agora só faltavam os presentes dos pais. Na verdade, não devia ter deixado tudo para a última hora. Mas esse tinha sido o

Tudo ao mesmo tempo agora **137**

mês mais louco da sua vida, mais cheio de confusão, de idas e vindas. Para começar, o verdadeiro Natal dele tinha sido em novembro – mesmo que Papai Noel existisse, era impossível a essa altura da vida ganhar presente melhor do que o emprego no escritório do doutor Menezes, a bolsa para o curso noturno e a matrícula no curso de informática. Pelo menos tinha sido essa a sensação que o acompanhou desde aquela noite de tantas surpresas até o dia em que foi ao colégio buscar o resultado das provas e viu que tinha passado com ótimas notas. Vários dias seguidos em que se sentiu pairando no ar, de tanta felicidade, e afundando na terra, de tanto cansaço de estudar sem parar.

Mas aí a situação toda deu uma cambalhota e revirou de pernas para o ar. Na secretaria da escola informaram que dona Odete queria falar com ele e os pais antes de liberar os papéis para a transferência e matrícula no curso noturno.

Por causa disso, tudo mudou de novo. Até o calendário, por incrível que pareça.

No dia e hora marcados, lá estavam os três. Dona Odete abriu a porta da sala, mandou que eles sentassem em três cadeiras que já estavam arrumadinhas de um lado da mesa, esperando. Passou para o outro lado, sentou-se diante de umas pastas com papéis, abriu, começou a olhar e foi puxando uma conversa mole:

– Bom, como vocês sabem, a Cíntia e a mãe dela estiveram aqui, há algumas semanas, pleiteando que eu fizesse uma indicação para que o Jaílson pudesse ser bolsista em outra escola...

– Foi ideia delas... – explicou seu Nílson, se desculpando. – Nós não pedimos nada, nem sabíamos que elas vinham aqui.

– Bem que eu imaginei – disse a diretora. – Mas agora sabem... E o que acham?

Seu Nílson hesitou um pouco antes de responder:

– Bom, nós não queríamos incomodar ninguém. Mas já que elas pediram (e depois disseram que estava tudo resolvido), nós achamos muito bom. Ficamos muito agradecidos.

– Isso mesmo... Muito obrigada – confirmou dona Jandira.

– Vai ser muito bom.

– Vocês têm certeza? – insistiu dona Odete. – De minha parte, eu tenho sérias dúvidas. Ainda mais agora que conversei com os professores e a coordenadora, fui consultar com mais atenção a pasta do Jaílson, ver todo o histórico escolar dele...

Os três se entreolharam. Não sabiam o que dizer. Não entendiam aonde ela queria chegar. Estava arrependida? Retirando a bolsa? Por que, se as notas do Jajá tinham sido tão boas?... Não era justo, pensou ele. E já se preparava para começar a protestar, apesar de toda a timidez, quando ela continuou:

– Na verdade, quanto mais eu penso, mais acho que essa ideia não é muito boa. O que é que você acha, Jaílson?

– A senhora me desculpe, mas eu não estou de acordo com essa sua dúvida – disse ele, surpreendentemente firme, sem nenhuma gaguejada. – A coisa que eu mais quero é não ter que parar de estudar quando começar a trabalhar. E esta é minha única oportunidade, não está certo me tirarem isso.

Ela sorriu e disse:

– Calma, ninguém quer prejudicar você, Jaílson. Acho que não me expliquei bem. O fato é que a avaliação que os professores fazem do seu desempenho é excelente. Não apenas nos estudos, mas também na sua interação com os colegas, na sua disponibilidade para o grupo, você foi sempre um excelente aluno, um ótimo amigo, alguém que não gostaríamos de ver longe daqui... Não estou querendo lhe tirar nada, mas não creio que sua única oportunidade esteja em sair do Eça, ir trabalhar o dia inteiro e passar para um curso noturno.

Seu Nílson pensou em perguntar: "Então a senhora tem algum bilhete de loteria premiado? Um cartão da Sena com todos os palpites certos? Que outra oportunidade pode ser essa?" Mas não disse nada, para não faltar ao respeito.

Dona Odete continuou:

— Depois de examinar tudo isso com cuidado, resolvi chamar vocês aqui e fazer outra proposta, em nome do Eça de Queirós. Nós queríamos que o Jaílson continuasse como nosso bolsista e fizesse o segundo grau aqui, em nosso curso regular, na mesma turma em que vem estudando.

— Mas ele tem que trabalhar, ajudar em casa, chega de viver à toa, como se fosse filho de rico... — protestou seu Nílson, criando coragem.

— Se não me engano, ele já trabalha... — argumentou ela. — O professor de Educação Física contou que ele tem uma oficina e conserta pranchas.

— Isso não vale nada! Não é a mesma coisa que um emprego! — exclamou seu Nílson. — Não tem carteira assinada, salário certo no fim do mês, fundo de garantia... não tem segurança nenhuma.

— Mas deu para ele comprar o som dele, a calça nova que estava querendo, ajudar a trocar o fogão velho... — interferiu dona Jandira, timidamente.

Dona Odete fez um gesto com a cabeça, concordando silenciosamente com ela, como se as duas mulheres não precisassem falar mas estivessem estabelecendo alguma aliança que Jajá percebeu, mas não entendeu.

Seu Nílson continuava, num tom de voz meio irritado:

— Este menino precisa é trabalhar. Já estudou muito. Mais do que o avô, os pais, os tios dele. Agora está na hora de começar a ajudar.

Tranquilamente, dona Odete respondeu:

— Se não me falha a memória, esse trabalho seria no escritório do pai da Cíntia, não? Lembro que a mãe dela falou nisso quando esteve aqui...

— Isso mesmo, com o doutor Menezes — confirmou seu Nílson.

— E seria um trabalho com um horário adaptado, não? Quer dizer, ele entraria cedo e sairia cedo para estudar de noite...

— Exatamente.

— Pois eu acho que nós podemos sugerir ao doutor Menezes que o Jaílson continue estudando aqui de manhã e trabalhe apenas num meio expediente, sem prejudicar os estudos. Parece-me que o escritório dele oferece essa possibilidade de horário flexível. E ele, sinceramente, está interessado em ajudar o seu filho, seu Nílson. Acho que essa seria uma alternativa viável e bem mais interessante. Aliás, seria não! É. Tenho certeza. Tomei a liberdade de me adiantar e consultá-lo por telefone e ele disse que é perfeitamente possível, caso vocês prefiram, em vez do dia inteiro de trabalho, como ele havia sugerido — concluiu dona Odete, com firmeza.

Mas seu Nílson não tinha concluído.

— A senhora não me leve a mal, mas eu acho que tem gente demais se metendo na vida do meu filho, dando palpite, querendo resolver tudo. E não é do jeito que eu quero.

— O senhor tem razão, perdoe. Mas, por favor, poderia me dizer qual é o jeito que o senhor quer?

Jaílson olhava de um para outro, seguindo o diálogo, como se fosse um espectador, assistindo a um filme ou novela, ou vendo uma partida de vôlei, em que a bola ia de um lado da rede para o outro, a toda hora mudava a vantagem, mudava quem dava o saque, mas ninguém fazia ponto.

— Eu quero um filho trabalhador. De verdade, responsável, sem essa conversa de meio expediente nem bico de consertar prancha. Não botei o Jaílson no mundo para virar um marmanjo preguiçoso, em aulinha pra cá, aulinha pra lá, e mais praia, e surfe, e festa, e cinema, enquanto o pai e a mãe se matam de trabalhar para sustentar essa vida mansa.

— Muito bem — disse dona Odete. — Já sabemos o que o senhor quer. E o Jaílson, o que quer?

— Eu quero trabalhar, ajudar em casa, retribuir um pouco do que meus pais têm feito por mim todos esses anos... Principalmente para aliviar minha mãe, ela não precisar trabalhar, poder ficar em casa... — respondeu ele, como se tivesse estudado bem e estivesse respondendo direitinho a uma pergunta de uma prova, mais uma!, em que tinha que tirar uma nota boa.

— Só isso? — insistiu a diretora.

Ele olhou para ela, sentindo um nó na garganta. Sabia que o pai não ia gostar muito do que ia dizer, mas disse mesmo assim:

— Não, senhora. Queria também poder continuar a estudar.

— Para quê? Já estudou demais... — interrompeu o pai.

— Para quê? — repetiu dona Odete. — Explique a seu pai, Jaílson, quem sabe se ele não entende?

— Para muitas coisas — respondeu ele. — Nem sei explicar direito. Para melhorar na vida. Para poder ter uma profissão melhor, uma vida profissional de verdade, uma coisa que eu goste mesmo de fazer, e não só uma preocupação com emprego e com dinheiro. Para poder garantir a meus pais uma velhice tranquila... e também para mais uma porção de outras coisas...

Houve alguns segundos de silêncio. Ouviu-se então a voz de dona Jandira, com uma doçura que até parecia estar fazendo um carinho:

– Diz, meu filho... Que outras coisas são essas? É bom a gente saber...

– É também para os outros, mãe, não é só para a vida da gente. Eu quero um dia poder ajudar as pessoas, como o Eça me ajudou dando a bolsa, como o doutor Menezes com o emprego, como dona Mirella e seu Augusto com o curso de informática. Eu quero um dia poder estudar alguma coisa que me deixe ajudar muita gente ao mesmo tempo, não sei bem como, nem o quê. Mas assim como um professor faz, um jornalista, um advogado... Ajudando a acabar com o que não é justo. Eu gosto de consertar coisas, a senhora sabe. Dá uma alegria ver que um troço todo quebrado está funcionando de novo, que uma prancha toda empenada e torta ficou direita e ainda pode ser usada. Mas eu queria mesmo era poder fazer uns consertos mais importantes, ajudar o mundo a ficar mais direito. Mais justo, sabe?

Tomou fôlego e continuou, empolgado, vendo o olhar de aprovação da diretora:

– Eu acho que eu queria mesmo era consertar um pouco o mundo. Que ele ficasse tão desempenado mesmo, que nem precisasse mais alguém ter que ajudar os outros a estudar, como fizeram comigo – porque isso já ia ser uma coisa normal, natural. Quer dizer, qualquer criança que nascesse já sabia que ia poder estudar tudo o que quisesse sem ter que parar antes da hora. Que fosse só chegar numa escola e entrar. Que nem a gente faz no mar, ali grandão, com lugar pra todo mundo. Não sei se eu expliquei direito, se deu para entender, mas é meio por aí...

– Deu, sim... – disse dona Odete, sorrindo. – Explicou muito bem. Não imagino como alguém poderia explicar melhor. E posso lhe garantir que o Eça de Queirós se orgulha de ter ajudado a formar um aluno assim.

Seu Nílson não parecia empolgado com todo aquele discurso. Começou a falar:

– Lá vem você com essas conversas de novo. Quantas vezes eu já lhe disse que não adianta querer dar murro em ponta de faca, que pobre não tem vez, que você...

Mas foi inesperadamente interrompido por dona Jandira, agora conseguindo falar firme, mesmo com sua voz suave:

– Espere aí, Nílson. Você já disse isso muitas vezes, eu sei, o Jaílson também sabe. Já ouvimos. Eu sempre fico ouvindo, não falo nada, não discuto essas coisas, você é que é pai, você resolve... Mas acontece que eu sou mãe. E também queria dizer agora o que eu quero para meu filho, gostei dessa ideia de falar sobre isso, é muito importante.

– Pois fale, então – concordou ele, meio emburrado.

– O que eu quero é que meu filho seja feliz – disse ela.

– E você acha que ele pode ser feliz andando no meio de rico, com inveja dos colegas, querendo ter o que ele não tem, ser o que ele não é?

– Pai, eu não tenho inveja deles, nem quero ser o que eu não sou.

– Você não é rico! – gritou seu Nílson. – Ou já se esqueceu disso?

Dona Odete fez um gesto para ele falar mais baixo, ou ter mais calma. Mas agora quem tinha desatado a falar era o Jajá.

– Pai, eu quero é poder ser o que eu sou, você não entende? Eu sou um garoto como os outros, com meus sonhos e meus problemas, igual a todo mundo. Tenho uma chance de estudar mais, eu quero. Se puder ser no colégio onde eu já tenho amigos, e que eu adoro, claro que eu quero mais ainda. Mas eu quero muita coisa mais. Quero também ser útil às pessoas, começando por vocês, em casa. Quero trabalhar, para mamãe poder ficar em casa, quero...

– E quem disse que eu quero ficar em casa? – interrompeu a mãe. – Isso é coisa do seu pai, não sei quem enfiou essa ideia na cabeça dele. Eu adoro sair todo dia, ir para o meu trabalho, ter minhas colegas, conhecer uma porção de gente que passa pela minha caixa. E adoro ter o meu dinheiro no fim do mês, que depois que dou quase todo ao seu pai para ajudar nas despesas eu sempre fico com algum. E eu sei que fui eu quem ganhou. Não preciso ficar pedindo pelo amor de Deus para ir ao salão cortar o cabelo ou comprar um batom novo ou dar um presente para minha irmã, tendo que explicar por que estou querendo um trocadinho... Deus me livre dessa história que vocês ficam falando a toda hora aí, de ficar em casa sem fazer nada. Vai ser é fazendo muita coisa, isso sim, mas só pra vocês. Vou ficar só cuidando da comida de vocês, da roupa de vocês, de fazer a cama de vocês, sem nunca ter um tempo para mim, para minhas amigas, para conversar, me distrair e dar risada com as coisas da minha vida...

Seu Nílson levou um susto. Só falava:

– Desculpe, eu não sabia... Eu juro que eu nem desconfiava...

– Pois agora está sabendo. Se o Jaílson quiser trabalhar para ele mesmo, para ficar mais feliz, mais independente, ter o dinheirinho dele, comprar o que quiser, e também dar uma ajuda, ótimo! Mas trabalhar para eu poder ficar em casa, não! Quem não quer sou eu.

E diante de tantas surpresas desse dia, os planos do Jajá sofreram nova reviravolta. Por isso é que ele pensou que foi mais um presente: ganhou a garantia de fazer o segundo grau no Eça de Queirós, com os amigos. Mas não perdeu o curso de informática nas férias nem o emprego com o doutor Menezes – só que ganhando menos e trabalhando menos, em meio expediente, das duas às seis da tarde. Enfim, a proposta de dona Odete, que ela levou adiante e concluiu com um argumento irrespondível, naquele jeito de dar aula que ela usava quando reunia todo mundo no auditório:

– Nosso país anda muito cruel com nossos filhos... mas a gente não pode esquecer que criança tem que ser criança, brincar, ir à escola. E adolescente tem que estudar e se divertir, ir se formando para a vida, estar com os colegas, fazer esportes, namorar, ouvir música, dançar. Todos têm esse direito. Podem até trabalhar um pouco, se quiserem, é bom ir aprendendo isso também, brincando de gente grande, se preparando. Mas eu não consigo aceitar que isso seja obrigação. Eu sei que não é este o caso de vocês, mas exploração de criança, não. Assim não é justo!

Nem Jajá, quando atacava de Justiceiro, diria melhor.

Lembrando disso agora, o menino incluiu mais um presente em sua lista. Para dona Odete. Ia escolher um livro. Mulherzinha decidida, aquela! Assim como quem não quer nada, na maciota, foi conversando e fez uma revolução na vida dele. Até em casa as coisas estavam diferentes. Seu Nílson, mais atento com os outros. Dona Jandira, mais firme.

Isso não deixava também de ser um presente inesperado, nesse ano de tantos Natais. Uns três, pelo menos. O de novembro em casa da Cíntia, aquele na sala de dona Odete e o de verdade, que ainda ia ser daí a dois dias, com festa no *playground* e troca de presentes de amigo oculto, e mais uma ceia depois em casa. Igual a todo ano, ele já sabia. Comilança e presentada.

Mas depois viria um ano diferente. Uma nova etapa de vida. Quando tudo podia acontecer. Como naquela agenda que a balconista já ia embrulhar em papel bonito, enfeitado com laço de fita, e que ele ia dar à Marina na festa. E que mais tarde ela iria abrir pela primeira vez, com todas as páginas ainda à espera do que iria escrever. Ano novo, agenda nova.

Esperando a vez junto ao balcão, Jajá se lembrou de *Morte e vida severina*, um dos livros que lera nesse ano. Não só porque era uma história de Natal bem brasileira, falando de todas essas injustiças e esperanças que moram dentro da gente. Mas também porque nele o poeta João Cabral escrevera uns versos que vinham à sua memória nesse momento. E que ele resolveu escrever na agenda da Marina, enfeitando por dentro o presente que já ia ser embrulhado:

"Belo porque tem do novo
O frescor e a alegria,
Como o caderno novo,
quando a gente o principia".

anamariamachado

com todas as letras

Nas páginas seguintes, conheça a vida e a obra
de Ana Maria Machado, uma das maiores
escritoras da literatura infantojuvenil brasileira.

 *Biografia*

Primeiras histórias

É possível que tudo tenha começado em Manguinhos, litoral do Espírito Santo. Quando era criança, para lá ia Ana Maria Machado todos os verões, passar as férias na casa dos avós. As noites de Manguinhos, ouvindo uma porção de "causos", talvez tenham estimulado sua vocação para contar histórias. E foi o pequeno vilarejo que inspirou sua primeira publicação literária. Uma redação que ela fez na escola sobre as redes de pesca artesanal em Manguinhos saiu numa revista sobre folclore. Era sua estreia como escritora. Ana Maria tinha 12 anos de idade.

Mas a precoce carreira literária foi interrompida. Adolescente, cursando o 2º grau, Ana Maria descobriu outra atividade que também a seduziu: a pintura. Resolvida a ser pintora, matriculou-se na Escolinha de Arte do Brasil e depois no Atelier Livre do Museu de Arte Moderna.

Na hora do vestibular, optou por Geografia. Mas, depois de um ano de curso, desistiu. Seu negócio não era ficar examinando rochas ou lidando com matérias que exigiam muito conhecimento exato. Então resolveu fazer Letras, e começou a dar aulas de português numa escola americana. Paralelamente, seguia sua carreira de pintora, participando de exposições coletivas e individuais.

Já formada, lecionando na universidade, e com um título de mestrado, Ana Maria, mais uma vez, deu uma guinada na sua vida. Desistiu de pintar profissionalmente e começou a trabalhar como jornalista, escrevendo para a revista *Realidade* e para a enciclopédia Bloch. Então, foi convidada para trabalhar na *Recreio*, uma revista dirigida ao público infantil. A revista se tornou um sucesso editorial e abriu caminho para a nova literatura infantil brasileira. Dessa vez, a maior vocação de Ana Maria Machado se impôs. E se revelou a escritora de livros para crianças.

Ana Maria e o mar, em Manguinhos, aos 15 anos.

Muitas histórias

No final da década de 1960, o Brasil estava sob a opressão da ditadura militar, com o AI-5, Congresso fechado, censura, tortura de presos políticos. Em 1969, Ana Maria Machado foi presa e teve colegas e amigos detidos. Decidiu-se então pelo autoexílio, mudando-se para Paris. Na capital francesa, estudou na École Pratique des Hautes Etudes, onde fez o doutorado, e teve, como orientador da sua tese, o badalado semiólogo francês Roland Barthes. A tese tratava da obra de Guimarães Rosa, e acabou virando um livro, chamado *O recado do nome*, publicado em 1976.

Sua vida em Paris foi muito agitada. Trabalhou como jornalista, pesquisadora em uma biblioteca, fez dublagem de documentários, participou de exposições de pintura. E ainda tinha dois filhos para cuidar, sendo que o mais novo tinha nascido nesse período.

De volta ao Brasil, em 1972, Ana Maria continuou com o jornalismo, com as aulas e com os textos infantis. Seu primeiro livro, *Bento que Bento é o frade*, foi publicado em 1977, na coleção Livros de Recreio, publicada pela Editora Abril. *História meio ao contrário*, de 1978, rendeu o prêmio João-de-Barro e também o Jabuti. A esta altura a pintura fora relegada a segundo plano. Porém, inquieta como sempre, Ana Maria ia virar livreira. Em 1979 ela e uma sócia abriram a livraria Malasartes, no Rio de Janeiro, especializada em livros para crianças. Ficou nesse negócio por 18 anos.

A literatura, por sua vez, nunca mais deixou de acompanhar sua vida. Pouco a pouco novos prêmios foram chegando e

Tudo ao mesmo tempo agora | **153**

também os convites para publicação. Seus livros, hoje, estão traduzidos para várias línguas e Ana Maria Machado tem uma invejável obra com mais de cem títulos para o público infantil, juvenil e adulto.

As últimas conquistas só vieram coroar tantas e tão plenas realizações: em 2000 recebeu o prêmio mais importante da literatura infantil mundial, o Hans Christian Andersen. Em 2001, ganhou o maior prêmio literário nacional, o Machado de Assis, e, em 2003, foi eleita para a Academia Brasileira de Letras.

Nada mais justo para esta fã de *Reinações de Narizinho*, mãe de três filhos, avó de dois netos, cuja natureza, segundo ela mesma, é frutificar-se em palavras, histórias e ideias.

Ana junto à estátua de Hans Christian Andersen, em Nova York

Para saber mais sobre a autora, visite o *site* <www.anamariamachado.com>

Bastidores da criação

Ana Maria Machado

Uma aposta na esperança

Um livro é sempre um cruzamento de uma porção de ideias e temas que se tecem. Quando procuro analisar as origens desta história, vejo uma grande mistura de coisas. Eu queria escrever sobre a justiça, uma noção que me fascina sempre, como ideal a ser atingido, mesmo sabendo que é impossível chegar lá completamente. Mas também andava com vontade de lidar com o tempo, não apenas em sua passagem, mas em sua variação de ritmos. Como na música. Às vezes muito rápido, repicado, intenso. Outras vezes lento e suave. Em situações que ora se atropelam, ora se arrastam.

Então, esses dois temas – a justiça e o tempo – andavam conscientes pela minha cabeça, enquanto eu pensava em começar um livro novo.

Mas acho que a história brotou mesmo foi de um personagem, o Jajá, uma mistura de várias pessoas que eu conheço e a quem quero muito bem (um deles, meu amigo, é mesmo xará dele, no nome e no apelido). Adolescentes batalhadores que enfrentam uma situação social difícil e dão a volta por cima com os recursos de que conseguem dispor – estudo, muito trabalho, leitura voraz. Cada um deles – meninos ou meninas –, um vencedor à sua maneira. Uma aposta na esperança, num país que é injusto e até cruel algumas vezes, mas que permite uma mobilidade social rara no mundo.

Outras coisas se misturaram, à medida que eu fui imaginando a história. O surfe, por exemplo. Algo de que me sinto muito próxima, por ter sido criada na praia do Arpoador, onde aprendi a descer em onda e onde surgiram as primeiras pranchas no Brasil. No começo eram enormes e de madeira, depois foram sendo aperfeiçoadas. Mas conheço um bocado desse mundo fascinante, tenho irmão surfista, fui namorada de surfista, tenho vários sobrinhos campeões – um deles com uma coleção de troféus de fazer inveja a qualquer um. Eu já tinha es-

Ana Maria com pitangas colhidas no quintal, em 1986.

crito muito sobre o mar, mas nunca sobre o surfe. Com este livro, chegou a hora.

Por outro lado, alguns de meus sobrinhos (inclusive um surfista) também estudaram Direito. E, como advogados, me ajudaram a conhecer algumas das aberrações e injustiças que muitas vezes se cometem em nome da Justiça, e que é preciso enfrentar e denunciar: processos forçados, acusações forjadas, mecanismos que podem até ser legais mas não são éticos. Pensando nisso, fui acrescentando à história esse tema da ética e discutindo coisas que podem parecer justas mas são injustas. Como a falsa noção de que passar cola tem a ver com coleguismo (quando é a maior injustiça com os colegas). Ou a ideia de que uma escola deva preparar os alunos apenas para competir e ganhar. Ou a convicção de que patrão é sempre culpado. Ou a leviandade de acreditar que tudo o que aparece escrito é verdade e qualquer papel que apoie uma acusação é automaticamente uma prova.

Mas, sobretudo, eu me diverti ficando amiga dessa turma. Meninos e meninas que eu criei a partir de minhas lembranças de mim mesma e meus amigos mas também da observação de meus filhos, sobrinhos e dos amigos deles. É com carinho que participo de suas festas, seus namoros e sua timidez, que acompanho suas brigas, seus campeonatos, seus trabalhos em grupo, seus sonhos, seus medos, suas batalhas íntimas. No fundo, sua sede de viver, com pressa, tudo de uma vez, como se o mundo fosse se acabar logo e a vida fosse feita só de presente e futuro. E, de certo modo, nessas horas não deixa de ser.

Obras de Ana Maria Machado

Em destaque, os títulos publicados pela Ática

Para leitores iniciantes

Banho sem chuva
Boladas e amigos
Brincadeira de sombra
Cabe na mala
Com prazer e alegria
Dia de chuva
Eu era um dragão
Fome danada
Maré baixa, maré alta
Menino Poti
Mico Maneco
No barraco do carrapato
No imenso mar azul
O palhaço espalhafato
Pena de pato e de tico-tico
O rato roeu a roupa
Surpresa na sombra
Tatu Bobo
O tesouro da raposa
Troca-troca
Um dragão no piquenique
Uma arara e sete papagaios
Uma gota de mágica
A zabumba do quati

Primeiras histórias

Alguns medos e seus segredos
A arara e o guaraná
Avental que o vento leva
Balas, bombons, caramelos
Besouro e Prata
Beto, o Carneiro
Camilão, o comilão
Currupaco papaco
Dedo mindinho
Um dia desses...
O distraído sabido
Doroteia, a centopeia
O elefantinho malcriado
O elfo e a sereia

Era uma vez três
Esta casa é minha
A galinha que criava um ratinho
O gato do mato e o cachorro do morro
O gato Massamê e aquilo que ele vê
Gente, bicho, planta: o mundo me encanta
A grande aventura de Maria Fumaça
Jabuti sabido e macaco metido
A jararaca, a perereca e a tiririca
Jeca, o Tatu
A maravilhosa ponte do meu irmão
Maria Sapeba
Mas que festa!
Menina bonita do laço de fita
Meu reino por um cavalo
A minhoca da sorte
O Natal de Manuel
O pavão do abre e fecha
Quem me dera
Quem perde ganha
Quenco, o Pato
O segredo da oncinha
Severino faz chover
Um gato no telhado
Um pra lá, outro pra cá
Uma história de Páscoa
Uma noite sem igual
A velha misteriosa
A velhinha maluquete

Para leitores com alguma habilidade

Abrindo caminho
Beijos mágicos
Bento que Bento é o frade
Cadê meu travesseiro?
A cidade: arte para as crianças
De carta em carta
De fora da arca
Delícias e gostosuras
Gente bem diferente
História meio ao contrário

O menino Pedro e seu Boi Voador
Palavras, palavrinhas, palavrões
Palmas para João Cristiano
Passarinho me contou
Ponto a ponto
Ponto de vista
Portinholas
A princesa que escolhia
O príncipe que bocejava
Procura-se Lobo
Que lambança!
Um montão de unicórnios
Um Natal que não termina
Vamos brincar de escola?

Livros de capítulos

Amigo é comigo
Amigos secretos
Bem do seu tamanho
Bisa Bia, Bisa Bel
O canto da praça
De olho nas penas
Do outro lado tem segredos
Do outro mundo
Era uma vez um tirano
Isso ninguém me tira
Mensagem para você
O mistério da ilha
Mistérios do Mar Oceano
Raul da ferrugem azul
Tudo ao mesmo tempo agora
Uma vontade louca

Teatro e poesia

Fiz voar o meu chapéu
Hoje tem espetáculo
A peleja
Os três mosqueteiros
Um avião e uma viola

Livros informativos

ABC do Brasil
Os anjos pintores
Explorando a América Latina
Manos Malucos I
Manos Malucos II
O menino que virou escritor

Na praia e no luar, tartaruga quer o mar
Não se mata na mata: lembranças de
Rondon
Piadinhas infames
O que é?

Histórias e folclore

Ah, Cambaxirra, se eu pudesse...
O barbeiro e o coronel
Cachinhos de ouro
O cavaleiro do sonho: as aventuras e
desventuras de Dom Quixote de la Mancha
Clássicos de verdade: mitos e lendas
greco-romanos
O domador de monstros
Dona Baratinha
Festa no Céu
Histórias à brasileira 1: a Moura Torta e
outras.
Histórias à brasileira 2: Pedro Malasartes e
outras
Histórias à brasileira 3: o Pavão Misterioso
e outras
João Bobo
Odisseu e a vingança do deus do mar
O pescador e Mãe d'Água
Pimenta no cocuruto
Tapete Mágico
Os três porquinhos
Uma boa cantoria
O veado e a onça

Para adultos

Recado do nome
Alice e Ulisses
Tropical sol da liberdade
Canteiros de Saturno
Aos quatro ventos
O mar nunca transborda
Esta força estranha
A audácia dessa mulher
Contracorrente
Para sempre
Palavra de honra
Sinais do mar
Como e por que ler os clássicos universais
desde cedo

Da autora, leia também

Coleção anamaria machado

Amigos secretos
O canto da praça
Do outro mundo
Isso ninguém me tira
Mensagem para você
O mistério da ilha
Uma vontade louca